愿你成熟 但不世故

莫小叶 / 著

百花洲文艺出版社
BAIHUAZHOU LITERATURE AND ART PRESS

你就是自己最出色的雕刻师。一锤一锤凿去不满意的边边角角，倾尽一生，让自己成为此生最满意的作品。

既然改变不了你的家世，不如就去培养你的优势。

人，应该让自己足够强大，直到光芒万丈。

所有的畏惧犹豫，都只因为三个字——输赢心。

让自己变美，并不是谁都能够拥有的才华。颜值在很多时候，甚至可以直接转化为生产力。

你要的，究竟是“过日子”，

还是“把日子过好”呢？

C O N T E N T S

目录

01

要改变一个人
实在很难
你爱上的
最好就是他本来的样子

愿你成熟，但不世故

02

愿你勇敢，但不逞强

任何一种选择都可能是错的
但只要一直尽力向前走
那就对了

03

赠人玫瑰
手有余香
可也别忘记
留下其中一枝
送给生命中那个最重要的人

愿你善良，但不受伤

04

愿你自在，但不张狂

把朋友变成敌人
是一种愚蠢
把敌人变成朋友
却是一种智慧

05

愿你平安，但不平凡

独，是一种状态
孤，则是一种心态
独而不孤
才是最美的姿态

Chapter 1

愿你成熟 但不世故

好的婚姻，就是要看家世

1.

前段时间，和几个闺密结伴去小雅家做客。小雅夫妻招待了我们。

她老公知道我们许久未见，便自告奋勇下厨，好让我们多一些时间叙旧。他一个人又是买菜又是做饭，忙里忙外，张罗了一桌子菜。而我们几个女人，只负责坐在屋里，吹着空调，喝茶聊天。

吃饭前，他问我们：“要不要把核桃露放在热水里温一下？”

我们都说不用了。可他还是拿起一瓶核桃露放进热水里，一边笑着说：“小雅胃不好，夏天也喝不了凉的东西。我还是帮她温温吧。”

这话，引得我们纷纷侧目。再回头一看，小雅的脸早已涨得通红，那笑容幸福又羞涩。

酒足饭饱以后，小雅老公把水果端上来，然后又一个人钻进厨房刷锅洗碗去了，忙得不亦乐乎。

我忍不住问小雅：“这么一个暖男，你究竟是怎么调教出来的？”

小雅笑了：“哪有什么调教，这都是我公公婆婆的功劳。我不过是坐享其成罢了！”

其实当初，要不要和他结婚，小雅是纠结过很长一段时间的。男方家的经济条件比她家的逊色很多，虽然她和男孩感情不错，可周围的很多朋友都不看好这段感情。不止一个朋友告诉过她：“贫贱夫妻百事哀。对待这段感情，一定要慎重考虑。”

眼看交往已久，两人发展到了谈婚论嫁的阶段，小雅思考良久，还是决定先到男孩家里看一看。

说来也奇怪，第一次见对方的父母，她没有感到任何拘束。男孩的父母都很温厚随和，虽然是初次见面，那感觉倒像是见到两位多年不见的长辈，使她油然生出一种亲切感来。

快到午饭时间了，男孩的父母在厨房不停忙活。小雅想进去帮忙，却被男孩的母亲推了出来。

他的母亲摆摆手，笑着说：“真的不是和你客气……你叔叔是一位‘大厨’，把做饭当乐趣呢！我也是给他当助手而已，咱们可不能‘夺人所爱’，抢走他的快乐啊！”

幽默的语言，把小雅一下子逗乐了。她看见男孩父母边做饭边聊天，还不时停下来相视一笑，整个厨房充满了轻松的氛围。

美味佳肴满满当当摆了一桌。大家围坐在一起，开始吃饭。

男孩父亲指着一盘红润光亮的油焖大虾说："小雅，这可是我的拿手菜，快尝尝合不合口味。"说完，就往小雅的碗里夹了一只。小雅端起碗接住，连忙道谢。

接着，他又拿起一只虾，熟练地剥起来。剥完壳，又仔细地挑了一遍虾线。直到确认干干净净了，这才往红色的汤汁里蘸了蘸，然后把晶莹滑嫩的虾子，轻轻放进了男孩母亲的碗里。

而男孩的母亲，正在若无其事地和他们聊着天，只对坐在旁边的男人报以一笑，完全一副习以为常的表情，一切都是那么自然。而这，就是他们一家日常再普通不过的场景。

小雅告诉我："那一刻，我的心仿佛一下子被什么东西击中了。

"很多人劝我放弃这段感情，是因为他的家庭。可是，最终让我选择这段婚姻的，恰恰也是他的家庭——无论什么时候，都有一个愿意细致温柔地为你剥虾的人，该是多么幸福啊。"

最后，她顿了顿说："那一刻，我多想坐在那里的，就是年老的我们。"

2.

女人的世界里，话题总是离不开爱情。

三五闺密坐在一起经常讨论的，无非是柴米油盐、家长里短，以及怎样才能把另一半改造成知冷知热、体贴入微的可心人。

恋爱专家口口声声透露：“女人对待男人不要太主动，保持一点神秘感，才能让男人对你心心念念。”

知名博主信誓旦旦传授：“时代变了，女人也要主动追求，展现自己的聪明魅力，才不会让爱情白白溜走。”

我们听过、看过无数“爱情秘籍”，但全都看似有理，最后却百无一用。

其实，要达到爱情里真正的融洽，从来不需要任何费尽心机的技巧，它应该是一种水到渠成的过程。

从深层次去看一个人爱不爱你，不是听他在你耳边如何说，也不仅仅是看他在你面前如何做。你要走进他的家庭，去了解他和他家人生活的常态——因为那里，才有他最真实的样子。

这，便是看家世了。

这里的看家世，并不是年轻女子对富一代的倚仗，也不是漂亮姑娘对富二代的攀附，更不是青春与权力的交换，美貌与金钱的制衡。那些女孩口中的“家世”，是以金钱的多寡、权力的大小和社会地位的高低来衡量的，和我所说的家世，并没有什么关系。

真正聪慧的女子，更加看重的应该是对方的整个家庭，包括父母的观念、家庭的氛围，还有他们思考问题和解决问题的方式。

因为要改变一个人，实在很难。你爱上的，最好就是他本来的样子。

3.

一个朋友和我闲聊，说起她认识的一位女孩。

女孩在出国留学归来的飞机上，认识了年轻的公司总裁。闪电恋爱，继而嫁入豪门，一切好像早就安排好了的剧本，不可思议得像偶像剧里才存在的浪漫桥段。

一时间，她成了朋友圈里嫁得最好的人，收获了无数的艳羡。直到她生了宝宝，朋友们去道喜，才发现她嫁入豪门的尴尬。

那天，朋友们来到别墅的门前，摁了很久的门铃，保姆才来开门。但保姆却并没有立刻请她们进去，而是告诉她们，老夫人占卜过，再过二十分钟才是接待客人的良辰吉时，让她们先在门口等待一会儿。

大家面面相觑，视为奇闻，但既然都来了，也只好等待。二十分钟过去，终于进入了豪宅，她们却立刻停止了说笑，连大气也不敢出了。

一进别墅，就有一股压抑的氛围。鼻子里闻到一股刺鼻的气味，据说是供奉的神灵所喜爱的熏香。豪宅的角落里有很多凶猛的雕塑，用来镇宅。高档的地板上铺满了不知名的叶子，听说是一种药材，用来辟邪。

来到二楼卧室，摆设更让人奇怪。新生儿精致的小床上，挂着的不是玩具，而是干枯的桃木树枝，说是给孩子挡煞；他们夫妻的床头，挂着的不是婚纱照，而是一张黄纸，上面用红色颜料，密密麻麻地写满了看不懂的文字。

女孩见了朋友们连声道歉，说自己的婆婆很迷信，在很多事情上，都一意孤行。

说着说着，她的眼里一下子涌出了泪水："你们知道吗？就连我什么时候洗澡、洗多长时间，婆婆都要严格规定。她说，如果时辰不对，她的儿子就会遭受厄运。

"有次洗澡，我只不过晚出来两分钟，婆婆就对我百般责怪。半个月后，老公不小心崴了脚，她非说是我洗澡慢了造成的，一个月都没给我好脸色，我竟成了罪人。"

女孩的父母都是外交官，她从小在信仰无神论的家庭长大，接受过很多年的西方教育。如今嫁到这样的家庭，心中的苦楚，自不必说。豪门生活，处处要以男人为中心。而她自己，本来拥有的才华与梦想，也不得不随之放弃。

其实，看重家世，并不是看对方拥有多少钱，而是要看他和他的家人，是否与你拥有一致的价值观。

财产多不代表有能力，学历高不代表有修养，人口少不代表家庭关系简单……真正的家世好坏，取决于他和他家人的心胸宽窄如何。

不然，你的后半生，就会沉浸在没完没了的鸡毛蒜皮里。

4.

曾有姑娘问我，去见男方的父母，应该准备些什么？

我答："不用准备，做你自己就好。"

时间，是一面最精准的照妖镜，果真成了一家人，后半生将有几十年的时间去认识。所有的刻意和伪装，早晚都会现出原形。

人与人的相处，原本就是一个物以类聚的过程。婚前的了解与接触，本来就是为了暴露出各种各样的问题。

爱情是两个人的事，而婚姻则关乎两个家庭。婚姻，就是一场招聘。只不过，这里招聘的，是你后半生的亲人。既然是招聘，就都需要一纸聘书，也必然是双向选择。没有必要取悦谁，也没有必要去迎合谁。他的家人在审查你，而你自然也在心中，默默观察他们。

简·奥斯汀说过："结婚，只考虑'家世'，是一种荒谬；而完全不考虑'家世'，则是一种愚蠢。"

如果，他的家人心胸宽广，从来不爱在金钱上斤斤计较；如果，他的家庭有充分的自由，父母对子女的事情从不指手画脚；如果，他的父母相互欣赏、恩爱有加，即使吵架脸红，也绝不说一句戳人心窝的话——

那么你的他，大抵就能够成为你想要的样子。

没有哪个绝世好男会从天而降，也没有哪个完美爱人会横空出世。**所有的果，必然都有它的因。想要了解得更深，就必然要去追根溯源。**

想拥有好的婚姻，不妨先去看一看他的家世吧。

高级的爱情，从来不需要优越感

1.

前段时间去参加同学聚会，一向喜欢热闹的玲子却没有到场。我正在纳闷，一个女同学突然压低声音和我说："知道吗？玲子刚刚离婚，听说是她老公主动提出的。"

我吃了一惊。玲子又漂亮、工作又好，研究生毕业，在外企工作，工资不算低。而她老公则相貌平平，大专学历，只是私企里的一个普通职员。无论是学历还是收入，都远远比不上玲子。

女同学颇为义愤填膺："你说，男人怎么都这么善变？当初他是怎么追玲子的，咱们全都有目共睹。就连在婚礼上，他都说娶到玲子是捡到了宝。可这才几年时间，居然主动提出离婚。你说，他是不是外面有情况了？"

我冲她摆摆手，告诉她这是玲子的私事，我们这些外人，就不要过多评论了。可是，经过几次眼见耳闻，我心里却觉得，这事或许并没有表面上看起来那么简单。

有次我去她家做客，玲子的老公也在。他和玲子热情招待，买菜做饭忙前忙后。我虽然知道玲子平时工作忙，家务活全由她老公一人包揽，但还是有些过意不去，就和玲子的老公客气了几句。

还没等他回应，玲子却抢先接过话："谢他干什么？反正他都习惯了。在外面又赚不到钱，回家多做些家务，还不是应该的！"说完，得意地瞥了自己老公一眼，然后又若无其事地继续和我聊天。

男人的脸上红了一阵又白了一阵，他终于没说什么，走进厨房做饭去了。

吃饭时，面对一桌子的菜，我一边吃一边称赞"厨师"手艺好，没想到玲子刚吃了一口，就没了笑脸，把碗和筷子往桌上一撂，生气地说："青菜怎么这么咸？连盘菜都炒不好，你还能做点什么呀？"

愉快的气氛瞬间消失了，温度一下子降到了冰点。

男人愣了一下，赔着笑脸轻声解释道："可能手一抖，盐放多了。要不，你多喝一碗粥吧。"说着赶忙放下筷子，起身去帮玲子盛粥。

可是玲子仍然不依不饶，并且从一盘菜上升到了新的高度："从炒菜的细节，就能看出一个人的能力，难怪连领导都不待见你！看看人家小王，和你一起进公司，早就成经理了。我真是瞎了眼，当初怎么就嫁给你了呢？"

她老公的脸一下子红了，一直涨到脖子根。连我这个客人坐在一旁都觉得很尴尬，一个劲儿对玲子使眼色，示意她别再说下去了。

可是玲子越说越激动，丝毫体会不到气氛的变化："如果不是我，你能买房、买车、娶上老婆？除了我，还有谁愿意嫁给你这样的穷光蛋？我付出那么多，你却一点也不争气，还处处气我。我的命怎么这么苦啊！"

男人的脸色终于变得铁青，他重重地把盛粥的勺子扔在锅里，拿起衣服，径直摔门出去了。

2.

一顿饭弄得不欢而散。我劝玲子，不要对老公太苛责了。

可刚才还很强势的玲子，面对我却瞬间红了眼圈。她和我哭诉：她老公生长在单亲家庭，经济条件一直不怎么好。当初结婚买车买房，他家里只出了很少一部分费用。剩下的，全是由玲子的娘家资助。

她老公为了表明爱玲子的心意，坚持在房本和车本上都只写她的名字。可是玲子却始终对这件事耿耿于怀，总觉得丈夫欠她的，每次吵架，一定会把娘家资助的事情拿出来说一遍。

我劝玲子："既然选择和他结婚，就说明你对他是认可的。从结婚那一刻开始，你们的角色就已经变成平等的了。他也想给你更好的生活，一定也在为此努力。你总是这样对他，会让他失去自尊，时间久了，婚姻就会出问题的。”

可是玲子却不以为然：“他对我好，本来就是应该的。他对我感恩戴德还来不及，哪里还敢有什么意见？如果他真敢忘恩负义，看我怎么收拾他！”

见玲子如此一意孤行，我也就不好再多说什么了。后来又劝过她几次，但她还是一样的态度——听说他们离婚时，男人的态度非常坚决，宁愿放弃所有财产，只求能够早点净身出户。

千万不要觉得，自己在某一方面比对方优秀，就处处要在他面前“晒”出优越感。时时刻刻把优势挂在嘴上，言语中充满讽刺和揶揄，非但不会让他觉得亏欠你，相反只会让他累积怨气和抑郁。

谈恋爱就像下围棋，是两人之间的对弈。女生在棋局里手执黑子，往往掌握着绝对的主动和先机。可是一旦进入婚姻，游戏规则随之改变，一切全都推倒重来。下围棋变成了打桥牌，你和他的关系，已经从二人之间的博弈，变成了队友之间的生死攸关、惺惺相惜。

此时此刻，决定输赢的，除了你们手中的王牌，更重要的，是两人之间的配合与默契。

3.

电影《年轻的维多利亚》中，有一个细节令人印象深刻：

维多利亚女王新婚不久，面临着国家的内外交困，刚刚主政的她经验不足。而女王的丈夫阿尔伯特是德国王子，初到英国的他，也与异乡的生活方式存在着太多冲突。

一次，阿尔伯特在与女王的又一次激烈争吵之后，怒气冲冲地回到卧室关紧房门。而维多利亚也不甘示弱，在门外奋力地捶打着。

正在生气的亲王明知故问："是谁？"

"英国女王！"维多利亚的回答充满了不屑，语气里全是傲慢。

接下来，便是很长时间的沉默，门内门外一样寂静。同样充满怒火却相爱的两个人，心中都在不安地揣测和等待。

还是女王最先按捺不住，"嘭、嘭、嘭"，又是一阵急促的敲门声。

"是谁？"

"英国女王！"

大门依然紧闭，里面仍是秋夜般的沉静。

敲门声再度响起，只是这一次，声音明显轻柔了许多："我是你的妻子。"

女王的语气终于变得柔软，充满了爱意和温柔。大门也应声而开。

那次事件之后，女王渐渐改变自己高高在上的态度，给予阿尔伯特亲王参与国事的权利和更多的尊重。而阿尔伯特的才华也渐渐得以展现，帮助女王一次又一次地化解了政治危机。

他深入浅出地为经验尚浅的女王解答政务，披星戴月地为她翻译各国文件，和她一起照顾子女，把生活琐事打理得井井有条……

很快，阿尔伯特亲王被女王信赖乃至依赖。在他的辅佐之下，女王政绩斐然，大英帝国达到空前繁盛，并一步步走向世界之巅。而他们之间琴瑟和鸣的爱情，也成为欧洲皇室久为传颂的传奇。

傲慢与强势，只会带来对立与争吵；爱意与尊重，才能换来关怀与真情。

没有谁会在爱情里甘当一辈子的奴隶，更没有谁能一生一世稳做爱情的暴君。

即便拥有整个世界也不足为傲，因为最能给予温暖的，还是夜阑人静的时刻，揽你入怀的那位爱人。

纵使失去整个世界也并不可怕，因为最能抚慰失落的，还是黯然转身的一瞬，深情注视你的那双眼睛。

4.

我的一个远房表妹，自幼长相甜美漂亮，从中学时起，身边就追求者甚众。但她始终像一朵开在冰川上的雪莲花，用冰冷刺骨的态度，拒绝了一位又一位追求者。

后来，表妹终于遇到了倾心之人，谈起了恋爱。

姑妈为此特意和她长谈了一次，叮嘱她："在爱情里既不要小心翼翼地取悦对方，以致失去自我；更不能目空一切地趾高气扬，摆公主架子。"

我佩服姑妈的睿智。

因为智慧的女人，绝不会在爱情里表现得不可一世，把全部的优越感都写在脸上。

美貌上的优越感不是颐指气使的特权，而是要让自己拥有更多的快乐和自信，不必为另一半的行踪而患得患失；

财富上的优越感不是扬扬得意地炫富，而是在家庭中拥有更大的话语权，可以最大限度地遵从自己内心的选择；

学识上的优越感不是鄙视另一半的无知，而在于可以看透事情的本质，遇人遇事做出正确的判断，以便让自己和爱人少走弯路、少犯错误。

真正高级的爱情，是两个灵魂的相爱。而两个相爱的灵魂，必然要站在天平的两端。任何一方的卑微或者倾轧，都会将这种平衡打翻。两个人之所以相爱，一定是因为他们身上有着某种共同点；而其中一方的强大，只能通过与另一方的共同进步去体现。

如果说爱情是一株植物，那么尊重就是它的根。若是被优越感灼烧了脚下的土壤，就算吸收了再多的水，也不可能长成参天大树。

心灵丰盛的人，从来都不需要“晒”出优越感。

愿每一段爱情，都可以枝繁叶茂；愿爱情里的每一个人，都可以内心富足。

选择爱情，是一个女人的最高智慧

1.

我的一个远房表妹，从上中学起，就是让父母头疼的“小太妹”。懈怠加懒散，是她生活的常态。

几乎每天上课都会迟到，放学回家不是做作业，而是抱着手机打游戏、逛购物网站。一到假期就把头发染得花花绿绿，每天都和同学出去嗨。父母想让她安静下来，和她聊一会儿天都难。

她的房间除了自己，从来没有第二个人愿意踏进去，因为里面堆满了各种漫画、零食、脏衣服，连个落脚的地方都没有。每次姨妈让她整理房间，她都会故作高冷地回一句：“我的地盘我做主。”

临近高考，姨夫和姨妈比她还焦虑，给她报了好几个补习班，但她仍旧马马虎虎地学习。最后，凭着一点小聪明，她总算勉强考上了一所普通的大学。

有一次，我办事路过她的学校，便顺路去看她。让我意外的是，打电话给她，电话的另一端是静静的，她说自己正在图书馆里自习。

我们在图书馆门口碰面。迎面走来的那个女孩，让我几乎不敢认：一头顺直的长发黑得耀眼，整齐的刘海衬着一张瓜子脸，素面朝天，不施粉黛。墨绿色棉麻长裙随风飘起，一双帆布鞋在阳光的映衬下白得发光。她背着帆布包，抱着一本厚重的《雅思词汇》，那画面让我误以为是走进了青春电影。

这还是那个玩世不恭的小表妹吗？分明就是一个清新脱俗的文艺女青年！

她带我去宿舍坐坐，一走进去，我更是瞠目结舌：书桌上一干二净，除了一盏台灯和一个水杯，再没有其他杂物。书架上整齐地码放着各种教材和读物，有些还是全英文的。床上的被子也是平平整整。所有的物品各安其位。

我看看周围的几张桌子，全都堆着零食和杂物。甚至有的床位上，连被子都没有叠。

我带着怀疑，半开玩笑地问她："你确定，这真是你的床位？"

她笑："现在才知道，以前的自己哪像个女孩子，活得太粗糙了。"

她请我去食堂吃饭，贴心地帮我拿好餐具；边吃边聊，她谈的全是时政、电影和文学。她能从特朗普当选美国总统，聊到马尔克斯的魔幻主义，再点评几句希区柯克的电影，其中不乏独到的见解。我在心底暗暗叹服——要知道以前的她，能和别人聊的，只有韩剧和八卦。

我终于忍不住好奇心："快说说，到底是什么，让你产生这么大的变化？"

她愣了一下，随即脸就红了，小声说："其实，我谈恋爱了……

"我男友是个学霸，高考时生病影响了正常发挥，才来到这所普通大学。他长得帅，成绩又好，你都不知道有多少女生迷他。当初把他追到手，我可是下过好一番功夫的。

"他特别干净清爽，为了和他走在一起'画风和谐'，我改变了穿衣风格；他说将来大学毕业后想出国读研，所以每天都努力学习。我也每天和他一起泡图书馆。我还要和他申请同一所大学读研，做一对儿学霸情侣……和这样的人在一起，我也不能太差啊！"

我忽然想起了《欢乐颂》里，曲筱绡本是一个不学无术的富家女，整天靠着一点小聪明、抖机灵混日子。可自从爱上了赵医生，她就痛恨自己知识太少，便开始努力读书、考MBA、听古典音乐。

或许，这就是爱情里，一个人对另一个人的改变。

优秀的人像一道光，偶然照进你的生活。让你在见过了光明以后，就再也不愿意回到混沌的黑暗中去。

你爱的人不仅仅是他，更是和他在一起时，那个优秀的自己。

2.

一次去参加朋友的婚礼，遇见了老同学樱子，她是和老公一起来的。我们多年不见，就坐在一起聊了几句。

她和我聊天，嗓门很大，声音聒噪，还边说边嗑瓜子，随口就把瓜子皮吐在地上。有服务员过来劝阻，希望她把垃圾扔在烟灰缸里。她白了服务员一眼，然后生硬地说："我用不惯！"

她聊起以前的同学，不过是羡慕谁谁嫁了一个有钱人，谁谁又买了一套房子，谁谁又生了二胎。再就是抱怨一个我们共同的朋友太小气，理由是上次对方请客吃饭，竟然都没有主动询问她，要不要把剩下的菜打包回家。

我对她谈话的内容不怎么感兴趣，只是有一搭没一搭地应着。

突然，她指着桌上的喜糖问我："你吃不吃糖？"

我摆摆手，告诉她自己不喜欢甜食。她的脸上露出了笑容，立刻从包里拿出一个大袋子，把桌上的喜糖、瓜子和其他零食一股脑倒了进去，然后又迅速装回了包里。那动作之娴熟，简直让我目瞪口呆。

她似乎也感觉到了一丝尴尬，却仍然理直气壮地解释："我闺女爱吃糖，给她带回去尝尝！”

婚礼开始，宾客们全都安静下来，准备一起见证这个郑重的时刻。就在新郎和新娘交换戒指、进行宣誓的时候，一阵洪亮的笑声突然打破了庄重的氛围。大家都很惊讶，纷纷朝那个方向看去。

只见樱子和她的老公还在自顾自地聊天，说到开心之处就放声大笑，旁若无人。他们丝毫没有考虑到这是在别人的婚礼上，始终我行我素，如入无人之境。婚礼的全程，都伴随着他们嗡嗡嘤嘤的讲话声。新郎新娘则全程黑着脸，全然没有了婚礼一开始时幸福的表情。

我望着如今的樱子，身材臃肿、讲话吵闹，还贪小便宜。回想起当初的那个她，身材又高又瘦，性格温柔，连和陌生人说句话都会脸红，像极了一只温柔的小鹿。

实在想不通，究竟是什么，让一个女孩发生了如此大的变化呢?

婚礼结束后，我到停车场准备驾车离开，耳边忽然传来了一阵争吵声。仔细一看，那人正是樱子的老公。

他坚持说停车场的管理员多收了自己两元钱，索性把车子堵在了出口处，和对方争辩个不停。管理员解释，停车场是采用电子计费，不会错的。但他仍旧不听，说话很是难听，嘴里还骂骂咧咧。

后面的车辆排起了长龙，在不断鸣笛催促下，管理员摆摆手，不屑与他争辩了。我看见管理员回到收费亭，从自己口袋里掏出两元钱，补进了收费箱中。

樱子的老公见状，把手里的烟头一扔，终于回到了车里。离开前，他还不忘摇下车窗，朝管理员扔了一个矿泉水瓶。

我好像忽然明白了，樱子是怎样从一个文静温柔的天真少女，变成了一个充满世俗气息的市侩妇女。

爱人，是与我们最亲密的人。他们都有着自己的独特气质，而这种气质会在不知不觉中，悄无声息地让我们发生变化。

他脾气不好，你就可能易燃易爆炸；他小肚鸡肠，你就可能眼界狭小。他心地善良，你会跟着简单纯净；他胸怀宽广，你的世界，自会成就另一番天地。

3.

电影《泰坦尼克号》里，家族没落的贵族少女罗斯爱上了穷小子杰克，却从此打开了一个不一样的世界。她第一次知道，原来女孩子也可以喝啤酒、坐云霄飞车坐到吐。杰克还答应带她到海滩上骑马——分开两条腿坐在马背上，像真正的牛仔那样，而不是像淑女们一样侧坐。

可是一场巨大的碰撞，撞碎了船，也撞碎了美好的爱情，一切猝不及防。

杰克泡在冰冷的海水里，把仅有的一块浮木让给了罗斯，并要她许下诺言："答应我……你会好好活着，生很多很多孩子，然后看着他们长大，长命百岁，再寿终正寝。"

后来，罗斯获救，而杰克却被冻成了一块冰。罗斯含泪目送杰克沉入海底，郑重发誓："我答应你，永不放弃。"

电影结尾处，镜头扫过老年罗斯房间里的一组组照片，里面浓缩了她的后半生：她做过演员，到非洲骑大象，分开两条腿骑马，在海上钓鱼，坐云霄飞车，驾驶飞机，重新组成幸福的家庭……最终，子女成群。

所有的一切，都是曾经和杰克约定好，想要一起去做的事。她在他离开的多年以后，仍旧将它们一一实现。

最好的爱情，是如果你爱对了一个人，那么他就会一辈子跟随你。

即使有一天他消失在茫茫人海，即使有一天他不能守候在你的身边，但却依然能够影响你的生活，依然让你拥有做回自己的勇气。

坏的爱情，纵使终结，生活仍然余震不断；

好的感情，即便结束，心中依然留有余温。

4.

很多女孩问：怎样才能知道，他究竟是不是那个对的人？

其实答案很简单，只要想一想，你愿不愿意变成他的样子就行了。

有句话说：看一个女人的品位，就要看她所选的男人。如何选择爱情，代表着一个女人的最高智慧。

站在一株藤蔓身边，你只能变成一根野草，随着他对风雨卑躬屈膝；

若是爱上一棵橡树，你自然就会化身木棉，和他共担霹雳、共享虹霓。

爱上谁，你就会成为谁。因为一份爱情，无论好坏，都会 360 度将你浸润。

你选择的那个他，终究会幻化为阅历，存在于你的每一寸气质、每一个眼神，还有每一次呼吸。

深到骨子里的成熟，是知道别人的苦

1.

一天下班，我走进地铁站，准备坐地铁回家。忽然听到旁边的两个中年人，指着两个女孩议论：

“看那两个女孩，蹲着等地铁，可真是难看！”

“可不是，真是轻浮！等个地铁就能随随便便蹲着，这是什么生活习惯？没有家教！”

这时我才注意到，不远处有两个女孩正蹲在地上，一边等地铁一边微笑着交谈。可我并没有觉得有任何不雅，她们也并没有妨碍到其他任何人。反而觉得，是旁边的两个中年人，有些过于苛责了。

也许，她们白天的工作需要长时间站立，站着等地铁实在太辛苦，所以暂时蹲一会儿；也许，她们是来这座城市旅游，逛了一天已经筋疲力尽，想趁着等地铁的间隙歇一会儿；也许，其中一个女孩适逢生理期身体不适，蹲下来会舒服一些，她的同伴希望陪她，所以也一起蹲了下来……

可能性有很多，又何必用一句“没教养”，就对别人轻易地抛出负面的论断？难道这样的指责，能让自己获得道德上的优越感吗？

记得刚过完春节，我坐地铁去赴同学聚会。在地铁里，我看见一个女孩蹲在车厢的栏杆旁边，脸色不太好。她的身旁，还放着一个大号的行李箱。我的第一反应是：这个女孩儿刚回老家过完春节，也许是坐火车太累了，地铁上又没有空位，只能蹲着歇一歇。

正想着，又一个女孩走了过去，和她低声交谈了几句。只见她从包里拿出一块糖，撕开包装，递给蹲在地上的姑娘。

姑娘吃了糖，过了一会儿，好像恢复了体力，站起来向那个女孩连声道谢。这时周围的人才知道，蹲着的女孩有低血糖，蹲在地上是因为突然的头晕目眩，当时两眼一片漆黑。

可是，车厢里这么多人，却只有那一个女孩及时上前询问，最终伸出了援手。

同样是看到别人蹲在地上，有人会认为对方身体不适，送去关心并提供帮助；有人却只会丢下一句“没教养”，然后再甩上几个白眼走开。

心有莲花，便能看见莲花；心有粪土，便只能看见粪土。

或许，真正的教养和成熟，不是只看到表面现象，就不问事实地妄自揣测；更不是把自己标榜在道德制高点，轻易对别人横加指责。

真正的成熟，是能够设身处地，理解他人的不容易；也能够将心比心，知道别人背后的苦。

2.

有个朋友刚生了宝宝，带着孩子去做新生儿检查。其中一项是听力筛查，需要宝宝睡着时才能进行。

为了哄睡宝宝，家长们使出了浑身解数：有的哼唱童谣，有的把宝宝抱在怀里轻轻摇晃，还有的用小玩具引逗……只希望孩子能快点睡着。这可不是个轻松的活儿，每个宝宝都有自己的作息规律，有时甚至要花费好几个小时，才能哄睡成功。

朋友好不容易哄睡了宝宝，轻手轻脚地进了检查室，把孩子放在床上，准备进行检查。医生刚刚拿起仪器，检查室里却突然闯进一个怀抱婴儿的男子，大声地嚷："大夫，孩子好不容易睡着了，您快给检查吧！"

就是那么一句话，朋友的宝宝吓醒了，并且委屈地大哭不止。

朋友不由得怒火中烧，刚要发作，倒是医生先开口了："没见到这里正在检查吗？这么大声干吗？！都是婴儿，也得等人家先检查完啊！"

随后，医生又问：“你排号了吗？你是多少号？”

“什么？还要排号？”原来，这个男人连号都没排，根本没有资格进行检查。

出了检查室，男人把孩子交给一位年轻的妈妈，自己排号去了。可是，我的朋友却不得不重新哄睡宝宝，之前的努力都付之东流。朋友生气极了：这个男人也太没素质了，不排号却想先检查，眼里只有自己，没有他人。这样的家长，将来怎么能教育好孩子？

朋友实在气不过，就把刚才发生的事情，和孩子的妈妈一五一十地说了一遍。想让她提醒自己的丈夫注意言行，在公共场所要多注意自己的修养。

女人听了，满脸歉意，十分诚恳地道了歉。

随后，她的目光暗了下来：“其实，我的宝宝是宫内发育不良，检查里的很多项目结果都低于正常指标。第一次检查时，宝宝听不到任何声音，医生说很可能是先天性耳聋……这次是来复查的。”

她的眼中隐约闪出泪光：“我们都太心急了，忘了排号，更忘了提前看看检查室里的状况。给你们添了这么多麻烦，实在是太抱歉了！”

朋友呆住了。

她也刚刚晋级为一位妈妈，尚且沉浸在喜悦之中，不敢想象眼前那个女人怀中的小宝宝，那个可爱的小家伙，竟然有这样的遭遇。

她更加不敢想象，若是这样的事发生在自己的身上，心情将会是何等的悲伤和焦急。

她似乎已经能够理解那位父亲的莽撞——诊断结果让他忘记平静，爱子之心使他变得鲁莽。

对于陌生人，我们无从得知他们的背后究竟隐藏着怎样辛酸的故事。谁也不能保证，如果换作我们遇到相似的情况，就不会变得同样烦躁和冲动。

也许，这个世界上的坏人并没有我们想象的那么多，而我们的肤浅，恰恰在于只看到了表象。

3.

一位网友在网上晒出了一张外卖订单，在备注的一栏里有一段小字："送餐小哥，我没那么着急吃饭，送餐路上请注意安全。如果超时可提前按下'已送达'，或者与我联系。辛苦了，谢谢你……。"

所有人读到这样的备注，心里都觉得暖洋洋的。

很多人，因为外卖小哥迟到了几分钟，就对其恶语相加大摆臭脸，甚至把对方训得抬不起头来；更有的人，直接把饭菜扔到对方身上，言语极尽羞辱，随后再去网站写一个恶意差评。

可是，他们不知道的是，外卖小哥耽误的那几分钟，可能是因为遇到了堵车；可能是因为赶时间，差点遭遇一场车祸；也可能是在大雨之中跌了一跤，他全力保护，才没有让饭菜洒落……

怎样的一个人，才能称之为真正的成熟？看他能不能站在别人的角度，去理解别人的苦。

你对待陌生人的态度，就是成熟度最好的脚注。

正如亦舒曾说：一个人真正成熟的标志，就是发觉可以责怪的人越来越少。理由很简单，人人都有自己的难处，而你，不一定懂得他们的生活。

4.

电影《搜索》，讲述了这样一个故事：

叶蓝秋是一家大公司的总经理秘书，在一次检查中得知自己得了淋巴癌，并且已到晚期。从医院出来的她心情低落，坐在公交车上，没有及时理会售票员让她给老人让座的要求。众人指责她不懂得谦让老人，这使她的心情更加糟糕，索性指了指自己的大腿，没好气地回了一句“要坐坐这儿”。

这一幕，刚好被一个媒体实习生拍下来了，经过添油加醋的报道，很快上了新闻热搜。

在网络上，人人都骂叶蓝秋道德沦丧，素质低下。加上老总太太一直怀疑叶蓝秋与自己丈夫有染，趁机给电视台打电话，暗中火上浇油，导致叶蓝秋被人肉搜索，公众的情绪无限制地发酵。但事实上，在事情发生的第二天，叶蓝秋就联系到了电视台，向公众道了歉，并解释了背后原因。但是这段视频却被故意隐去，只为博得更高的点击率。

最终，叶蓝秋只能以自杀告终，才平息了整个事件。作为癌症患者，她本该享受生命里最后的宁静，可是公众的舆论却先癌症一步，夺走了她年轻的生命。

人人指责她没有素养、不懂尊重，却不知道他们只看到了事情的表象。叶蓝秋或许有错，但罪不至死；她的生活，甚至比那个没有被让座的老人更苦，可是公众却连一个解释的机会都没有给她。

流言猛于虎。对陌生人一句轻易的讽刺，就可能让他们的生活雪上加霜；对他人一次不负责任的指责，就可能成为压垮他们生命的最后一根稻草。

当我们躲在健康无虞、衣食无忧的安全地带，心安理得地站在道德制高点上对陌生人的行为嗤之以鼻时，难道我们的道德，就真的无可指摘吗？

或许，我们真正需要的，不是盲目的批评与指责，而是一种冷静的思考和温暖的宽容。

愿你特别温柔，也愿你特别宁静。

愿你山高水长，也愿你情深义重。

更愿你能够拥有深到骨子里的成熟——无论何时何地，都知道别人的苦。

99% 的事，与你无关

1.

某天下午，和一位朋友约好了一起吃饭。我刚出门，却接到她打来的电话，说她晚上去不成了。

她的声音特别疲惫："别提了……本来下午就能把报告完成，谁知道和别人大吵了一架，搞得我心情糟透了！"

我有些吃惊，问她："是不是工作不顺？还是同事欺负你这个新人？"

她叹了口气："说起来挺郁闷的，我连对方是谁都不知道呢。"

原来，午休的时候，她照例打开手机刷微博。看到喜爱的男明星发表了一条状态，她刚想评论，却发现下面已经有几条评论，内容竟然是批评自己的偶像演技差！

她回复了其中一个网友，客观地评价了偶像的演技。没想到那位网友也刚好在线，立刻回复了她，而且出言不逊。她的怒火瞬间被点燃，两个人你一言、我一语，在网上互不相让地吵了起来。对方翻遍了她相册里的照片，每一条下面都写上了攻击性的语言。她也毫不示弱，找到对方曾经的微博，逐条留言，予以回击。

不知不觉，一下午过去了。网上的骂战不但没有分出胜负，她的好心情也全都被破坏了。更糟糕的是，临近下班她才想起，第二天开会用的报告还没完成。没办法，只能晚上加班熬夜赶报告，连我们约好的聚会也不得不取消了。

挂断电话之前，她仍然愤愤不平："都怪网上那个烂人，我原本的生活节奏，全都被他打乱了！"

不可否认，有些人的周身充斥着满满的负能量，似乎对所有的人、所有的事全都看不惯。他们每天在网络上游荡，用贬低别人的方式来刷自己的存在感。

只是，如果真的和他们斤斤计较，陷入没完没了的纠缠，那就真的太不明智了。

作家刘瑜说过："远离消耗你的人，也不要去消耗别人。"

话不投机半句多。**把时间和精力花费在不值得的人身上，连一分一秒都是巨大的浪费。**

2.

一次，我开车接上一位好久不见的好友，准备去一家有名的餐馆吃饭。

途中，必须经过一条很窄的小路。不仅路本身狭窄细长，就连路的两边也规划成了停车场，只够容纳一辆车单向通过。我紧握方向盘，小心翼翼地开着，生怕一个不小心，就和旁边的车来个“亲密接触”。

就在我将要驶出小路的时候，另一辆车迅速从迎面的方向开了过来，停在了我迎面的位置。

我摇下车窗，客气地询问对方司机：“路太窄了，过不去。麻烦您把车退一下好吗？”

对面车里坐着的是一位女司机，正在一边开车，一边大声地打电话。听到我的请求，她生硬地说：“你能过就过，不能过就退，反正我是不会让的！”

我前后看了看，有些为难。那辆车刚刚驶入小路，只需稍微退后一点，就可以让出一条通路来；而我们的车如果后退，就必须经过一段非常遥远曲折的路途，并不是一件容易的事。

我依旧客气地说：“这条路又窄又弯曲，我们刚刚开过来，要后退实在是不容易。您只要稍微退一下，咱们就都能通过了。不是节省了彼此的时间吗？”

可对方的态度依旧蛮横：“不退也行，那就在这里耗着吧！”

说完，她干脆把驾驶位放平了，斜倚着座椅，跷起二郎腿，继续讲起电话来。她还一边打电话，一边嗑起了瓜子，随手就把瓜子壳扔到了车窗外。

我和朋友见状目瞪口呆。朋友气愤地说："和她客客气气说话，她却摆出这样的架势，真是没素质！她不退，咱们也不退，看她能耗到什么时候！"

等了一小会儿，见对方仍旧没动静，我迅速地挂上了退挡，密切注视两侧的反光镜，开始小心翼翼地把车沿身后的小路挪动。

对方见了，也就放下手机，启动了车子，把车迎面顶了过来，步步紧逼。

朋友见我退让，惊讶极了。她的语气中满是不平："这种人这么没素质，为什么还要让着她？你瞧瞧她那得意扬扬的表情，还以为咱们怕她呢！"

我没回答，只是全神贯注地开车。

当我终于把车退出了小路，对方司机猛踩油门，故意紧贴着我们的车身呼啸而过，似乎在用速度向我们示威。

朋友一脸不悦："你呀你呀！就是脾气太好。难道就这样被人欺负了吗？我可咽不下这口气！"

我一边重新驶进小路，一边劝慰朋友："不是我脾气好，而是我们的时间比她更宝贵。"

"她不退，咱们也不退，结果只有两种：要么怒气冲冲地大吵一架，要么永无止境地消耗下去。咱俩平时都很忙，见一次面不容易。我们聚会的目的，是和好朋友一起享受美好的时光。何必把时间全都赔给毫不相干的人，把精力浪费在毫无意义的事情上？”

“既然无法沟通，那么以最快的速度离开，就是最好的选择了。如果时间久了，道路两边又有其他车辆开进来，到时候无论是谁退让，都会更加浪费时间的。”

朋友是聪明人，马上明白了我的意思：“可是，她刚才那样的态度，你就一点也不生气吗？”

我笑：“只是一个陌生人，何必要生气？今天以后，估计我们一辈子都不会再有交集。既然是一个无关的人，就无法对咱们造成任何影响；即便和她吵架吵赢了，也不能证明咱们很厉害呀。”

一直觉得，《倚天屠龙记》里的黄衫女子，堪称全书最神秘的人物。

作者对她没有过多的描写，整部书里，她只出现过两次。人们之所以觉得她的武功高深莫测，是因为每一次她都能在关键的时刻化解危机，最后更是打败了风头正盛的周芷若，随后又飘飘然而去，不再多问一句闲事。

很多时候，一个人的实力，是以对手的段位进行衡量的。打败一个周芷若，便足以证明武功高深莫测；如果整天和小喽啰们打打闹闹，就算击败一百个，也不见得是什么武功高强之人。

这就如同一只老鼠向狮子挑战，要同它一决高下。这时狮子最好的选择，就是果断拒绝：因为如果答应老鼠，老鼠就可以得到曾与狮子比武的殊荣；而狮子呢，以后所有动物都会耻笑它竟然和一只老鼠打架。

《欢乐颂》里的安迪说："常与同好争高下，不共傻瓜论短长。"

看一个人的心术，要看他的眼神；看一个人的身价，要看他的对手。很多时候，选择不去争执，并不是因为谨小慎微，更不是因为胆小怕事。而是有些人实在太过微不足道，实在不值得为此去伤脑费神。

3.

曾经听过一个笑话：

有人问爱因斯坦："你家的电话号码是多少？"

爱因斯坦说："你等一下，我帮你查查。"于是翻开了手边的电话本。

那人笑他："你这么聪明的大脑，难道还记不住自己家的电话号码？"

爱因斯坦说："我的大脑是用来思考的，而不是用来记忆琐碎的东西的。只要翻阅一下，几秒钟就能查到的号码，难道还需要耗费我的大脑去记忆吗？”

美国莫里埃大学的马可教授曾说：**“一个人成熟的标志之一，是明白每天发生在我们身边的 99% 的事情，对于我们和别人而言，都是毫无意义的。”**

真正有所成就的人，都会选择性忽略那些并不太重要的东西。这也是为什么他们能够专注一个目标有所成就，而大部分人看似每件事情都关心，却最终碌碌无为。

股神巴菲特在 5 岁的时候，就已经学会了“做生意”，最开始是上门推销可口可乐，之后是贩卖报纸，也推销过口香糖。

10 岁时父亲要带他去旅行，他便提出要去纽约证券交易所；11 岁时，他已经学会了炒股；到 16 岁时，他就通过炒股赚取了 53000 美元。21 岁，他以全 A+ 的成绩获得了哥伦比亚大学的经济学硕士学位。2008 年，他超越比尔·盖茨，成为世界首富。

施罗德曾评价巴菲特说：“他除了关注商业活动外，几乎对其他一切如艺术、文学、科学、旅行、建筑等全部充耳不闻——因此他能够专心致志地追寻自己的激情。”

像巴菲特这样的人都懂得：一生只做一件事，并且把这件事做到极致。

能够判断出哪些事真正与自己有关，并且摒弃掉那些绝大多数无关紧要的事情，才是一个人做事成熟的表现。

经济学家维尔弗雷多·帕累托曾经提出著名的“幂次法则”：在一件事情的发展与结果之中，80% 的价值，来自 20% 的因子；剩余 20% 的价值，则来自 80% 的因子。

世界上 20% 的人口，掌握了世界 80% 的财富；20% 的精英员工，创造了公司 80% 的价值；20% 的重要客户，带来了 80% 的利润；一生结识的人有很多，但真正对自己产生影响的，只有 20%……

幂次法则，勾勒出了一个不公平的世界，同时也表明了一个残酷的现实：大多数人的一生都被那些无用的“80%”所缠绕，而对于那些真正重要的“20%”，却关注得太少。

那些抱怨生活无聊、没意思的人，正是因为他们很少去关注真正重要的事，而是被平庸和琐碎的小事所缠绕。

人的内心，就像一个空荡荡的罐子。如果塞满了太多的无关紧要，就再也装不下真正的重要与美好。

4.

大学刚毕业的时候，曾经被分配到一家单位实习。那里的员工工作清闲，茶余饭后最喜欢探讨的就是明星的各种花边绯闻，还有其他同事的私事。

“知道吗？某某明星出轨了，他老婆居然没离婚。我早就不看好他们的婚姻！”

“新来的那个实习生恋爱了，据说男朋友很有钱，长得也不赖。”

“业务部的小张，结婚五六年了还不要孩子，真不知道心里怎么想的……”

几个星期以后，和我一起来实习的女孩毫无征兆地辞了职。我问她：“干得好好的，为什么突然要走？”

她回答得干脆而直接：“这里的员工，每天讨论的全是八卦。在这样的单位待久了，是没有前途的。”

后来我也离开了那里，听说那家公司几年后果然在市场竞争中被淘汰。原来的职工，不是转业，就是失业。

电影《摔跤吧！爸爸》里，两个女儿向父亲抱怨，自己练习摔跤时经常出汗，又没时间及时清理，一头秀发上长满了虱子。她们希望爸爸明白：自己只是女孩子而已，不要再让她们练摔跤了。

可阿米尔·汗饰演的父亲，却在第二天请来了理发师，执意剪去了她们的一头长发。他的理由很简单：“要做成一件事情，就一定要排除掉所有干扰性因素。”

两个可爱的长发姑娘，一下子变成了留着板寸的“假小子”，受到了同学的嘲笑。但也正是因为如此，她们才能更专注地进行训练，最终爱上了摔跤。

大女儿吉塔一路过关斩将，收获各类比赛的少年组冠军，进入国家体育学院学习。之后的她，开始留长发、看电视、逛街、涂指甲油，却接连输掉了很多场国际比赛，再也不能有所突破。

亦舒说过：“埋头苦干，不理闲事，是一种骄傲，并非退缩。”不管别人的世界多么精彩，要永远都记得，自己才永远是人生的主角。

正如王菲，永远一副特立独行、不食人间烟火的模样。她总是话题不断，却从来不在意别人怎样说，依旧我行我素。就连离婚也没有对公众做丝毫的解释，只有一句：“我还好，你也保重。”

世界是自己的，本来与他人毫无关系。做事成熟的人，绝不会被别人牵着鼻子走。

专注目标，不问闲事，才是一种真正的智慧与圆满。

25 岁 +，送给女孩子们的五句话

第一句话
化妆品换不来最精致的美丽

早上闹钟响起，极不情愿地按下去，翻身倒头又睡。

终于在内心的无比挣扎中起床，迷迷糊糊洗漱。不经意睁大眼睛一看，只瞥见一副无精打采的暗沉面孔，竟然一下子清醒了。站在镜子前左涂右抹，却发现重重的熊猫眼。昨天冒出的那颗痘痘更明显了，无论用多少遮瑕膏也掩盖不住。

哪怕牺牲早餐时间，也要像个极有敬业精神的画家，在脸上一丝不苟地“作画”。直到自认为底妆毫无破绽，眼线完美无瑕，才放心地换上鞋子出门。

午餐过后，第一件事就是冲进洗手间补妆。油光满面、毛孔浮现、眼睑下垂，一面再普通的镜子也能变身照妖镜，轻易地让我们现了原形。

这，是不是也是你的一天？

怎么办？于是把大量的时间和金钱用来护肤、蒸脸、敷面膜，寄希望于那些花花绿绿的瓶瓶罐罐。

打开电视和网络，总能看见明星网红们的推荐：这种面膜补水效果特别好，那种精华液除皱最有效，这种乳液美白见效特别快……这一瓶是极为奢华的原料制成，那一瓶是最新研制的高科技产品，并且每一款都曾经掀起抢购狂潮，每一款都曾经在韩国、泰国卖到断货。

看着诱人的广告语和使用前后对比图，女孩子的心理防线早已被击溃。这时，如果不买一瓶，就是不爱惜自己；不买一瓶，就是不舍得对自己好；不买一瓶，就是视财如命、吝啬到自虐，放着变身女神的机会不把握，偏要做遭人嫌弃的黄脸婆。

再这样下去，还怎么找到好工作？还怎么谈恋爱？还怎么配拥有幸福的人生？

干脆找根绳子，自挂东南枝算了。

于是，我们咬着牙闭着眼，掏出信用卡，心甘情愿为了自己的美丽刷、刷、刷。一个月后，依旧顶着蜡黄的皮肤满街跑，一边骂着奸商虚假宣传，一边又心甘情愿地继续掏钱，给其他化妆品商送去。

其实，我们根本就弄错了问题的关键。

真正爱惜自己的女孩，绝对不会把自己的皮肤当成小白鼠，也不会迷信护肤品能有多神奇。她们只懂得，严谨的自律高于一切。

每天晚上十一点前入睡，你会发现祛黑眼圈的效果，胜过几百元一瓶的眼霜太多。

不吃垃圾食品，拒绝甜食和油腻。几个月后，你会把暗疮膏丢进垃圾桶，不带半点犹豫。

坚持运动，清淡饮食。没有了蝴蝶袖、小肚腩，即便只穿白衬衫牛仔裤，也能赚取超高的回头率。

任何宣称可以不控制饮食、不改变习惯就能变瘦、变美的产品，要么副作用巨大，要么根本就是一场骗局。

把变美的希望，全部寄托于一堆高低错落的瓶瓶罐罐，无异于把性格交给星座，把考试交给锦鲤。

这不但不符合科学，而且违反逻辑。而现在的我们，已经不再是毫无判断能力的小女孩，要学会用逻辑和理性去看待问题。

太阳升起，你也刚好睡到自然醒；

粗茶淡饭，也能拥有极大的满足感；

结束工作，全身的每个毛孔，还能愉快地唱起歌——

相信你，一定会爱上这样的自己。

与时间为友，与懒惰为敌。坚持下去，收获的除了健康的身体，

还有会自信的心态和乐观的情绪。

而白嫩的皮肤和傲人的身材，不过是附送的福利罢了。

第二句话
多谈恋爱，少结婚

电影《BJ 单身日记》里，布里奇特 32 岁仍然单身。即便身边有很多好友，却仍然患得患失。生活平淡无奇，她唯一的期待，就是拥有一份真爱，最后成功地把自己嫁出去。

闺密都步入了婚姻的殿堂，你的真命天子却没有出现？抑或情路坎坷遇人不淑，恋爱谈过不少，却兜兜转转真爱难寻？看着别人成双成对，你是否也曾无数次怀疑过自己，再三地把要求降低？

父母、朋友都劝你：何必要求那么高，结婚嘛，找个人过日子就行了。女孩的黄金时间只有那么几年，别挑来挑去错过最好年华，最终把自己剩下了。

可是你要的，究竟是“过日子”，还是“把日子过好”呢？

我们出生的家庭无法选择，但是和谁组成新的家庭，却是可以由你决定的。婚姻会把毫无关系的一群陌生人，从此紧紧地联系在一起。选择和谁结婚，就意味着，你选择谁成为后半生的亲人。

那么多的人婚姻不幸，只因当初的态度草率。

大家都说，婚姻如同找人合伙开公司，需要两个人共同用心经营。可究竟有多少人，在婚前真正去分析过自己的“合作伙伴”？又有多少人，在公司成立前就明确了自己的“企业文化”，考察过对方是否拥有一致的价值观？

两个CEO，还未弄清一个公司的运转机制，就开始草率经营、走马上任。最后公司因经营不善而解散，也就不足为奇了。

你们对待事情的看法一致吗？你们有信心彼此扶持，走完后半生吗？你真的愿意和他的家人，从此成为最亲密无间的亲人吗？

这些还都没想清楚之前，别急着把自己嫁出去。不要担心会让父母失望，更不要害怕面对失败的爱情。

多谈几次恋爱，不过是为了只结一次婚。

把不合适的人拒绝在婚姻外，当属此生之幸。

第三句话
赚钱即修行

一个姑娘曾和我说：“我不喜欢奢侈品，那些东西，不过是生产商在骗钱而已。背奢侈包包、用大牌化妆品的人，不过只是虚荣心作祟，赤裸裸地炫耀优越感。”

后来，那位姑娘自己创业赚了些钱，从里到外全都换上了奢侈品牌，整个人的气质也都不一样了。

我调侃她的食言，她却对我耸耸肩："以前为了几块钱和地摊老板还价，半个小时便宜几块钱，还庆幸自己淘到了宝。现在才知道，大牌的东西，无论是品质还是品位，都甩出便宜货几条街。有费尽口舌讨价还价的时间，还不如多学点真本事，多赚些钱呢。"

二十几岁，你可以没有房、没有车、没有钱，却一定拥有大把的时间。时间，是世界上最有价值的货币，无论你想要什么，都可以用它来换取。用它减肥瘦身、用它磨炼本领、用它拓展人际……只要善于利用，早晚有一天，你想要的一切，都会垂青于你。

不要轻易视金钱如粪土，更不要随便说，自己不爱高品质的生活。那往往是不愿付出的人，用来自我安慰的借口而已。真正拥有过，才有资格说放下。只站在低处，仰望一眼便说自己不想要，语气里多少都会带着一种狐狸吃不到葡萄的酸楚。

试着理财，给自己的生活一份保障。找一份热爱的职业，努力工作。不要一边衣来伸手、饭来张口地花着父母的钱，还一边埋怨他们管得太宽。积累财富的过程，何尝不是一种个人成长？

节流，是欲望的收敛；开源，是能力的精进。

赚钱，本就是人生的一种修行。

第四句话
与其抱怨，不如改变

不知从何时起，我们学会了抱怨。

看见明星光彩照人，抱怨父母没能给自己一张好脸蛋；看见富二代穿名牌、开豪车，抱怨父母没能给自己殷实的物质生活；看见小伙伴们出国留学，又抱怨父母文化程度太低，没能创造条件，让我们接受良好的教育。

有些事情生来无法选择，即使抱怨，也不会有丝毫的改变。既然不喜欢现在的一切，为何不花时间多想想，理想中的生活应该如何获得？

哲学告诉我们：发挥主观能动性，是人区别于动物的重要标志之一。

想要好身材，就坚持运动，一点点塑造理想的曲线；想要财富自由，就努力赚钱，一分分积攒人生的第一桶金；想要技惊四座，就利用业余时间读书学习，一步步攀上梦想的高峰。

没有一块美玉不需雕琢，也没有一件艺术品浑然天成。

你就是自己最出色的雕刻师。一锤一锤凿去不满意的边边角角，倾尽一生，让自己成为此生最满意的作品。

第五句话
有钱去旅行，没钱去读书

以前，我喜欢看电视追剧。而现在，却更喜欢读书和旅行。

读书与旅行，在本质上是相同的，都能让我们不局限于生活，去见识更加广阔的世界，体味更加丰富的人生。

前几年颇为流行的话：身体和心灵，总要有一个在路上。读书指向深处，而旅行指向远方。

给自己几天时间，背上行囊，独自到陌生的地方走一走，感受大自然对心灵的涤荡。再找几个有料的当地人聊聊天，体会一种完全不同的人生。

看到过高山的险峻，才明白什么是微不足道，因而不再盲从、不去苛求；体会过真正的失去，才理解什么是沉浮变幻，所以不谈辜负、不愿虚度。

而读一本好书，就像谈一场刻骨铭心的恋爱。初遇之时相见恨晚，一日不见寝食难安。书籍是最平价的奢侈品，几十元的价格，却能买到作者半生经验的倾囊相授。**都说书到用时方恨少，或许今天多读了一页书，在将来的某一天，就能少说一句求人的话。**

25 岁，是幼稚与成熟的分水岭。不一定决定了女人的一生，却在很大程度上，影响着她们后半生的旅程。

身为女子，外表温柔静好，内心清澈如水。但谁又能说，她们不可以内心强大，不可以横刀立马？

问君何不同风起，扶摇直上九万里。

敢爱、敢恨、敢想、敢做。始终精进的人生，不需要顾虑太多。

你对待陌生人的态度，就是成熟度最好的脚注。

真正高级的爱情，是两个灵魂的相爱。而两个相爱的灵魂，必然要站在天平的两端。

Chapter 2

愿你勇敢 但不逞强

所有的岁月静好，都曾经风雨飘摇

1.

学妹刚毕业不久，进入一家公司做销售。

接到一个大单子，她跟了很久。和客户拉关系、套近乎，费尽口舌地劝说，最后又熬夜几个星期，终于拿出一套不错的方案。本来已经成竹在胸，却没想到在签约之前，客户被人撬走了。

如果是竞争对手做的，也就罢了。可对方偏偏是和她一起进公司的那位姑娘。两个人年龄相仿，平时以姐妹相称，一起租房子、一起吃午饭、一起上下班，关系好到形影不离。

她辛苦了这么久，到头来却是一场空。因为奖金被扣，在那之后的一个月，她穷得吃泡面度日。而那位姑娘呢，不久之后就因为这个大单子升了职，随后马上搬出去，独自租了一间大房子。

她怀着滴着血的心，和远在异地的男朋友诉苦。却没想到，只换来一句“分手”。

她简直不敢相信自己的耳朵。打开男友的微博去看，这才发现，他早在几天前就晒出了和另一个女生的合影，照片里两人笑容灿烂，举止亲密。而她呢，每天只顾着加班到天昏地暗，最后生意没做成，就连男朋友也丢了。

学妹找到我时，已经泣不成声。她说，自己特别想辞职，特别想揍前男友一顿，特别想离开这座城市一走了之，可又不知道，究竟何去何从。

她垂着眼睛，声音颤抖地说："这是我二十几年来……遇到的最大低谷了……"

然后，她给我看她年初时发的一条社交状态，那时的她和男友笑得满面春风，旁边还配了一行字："新的一年，琴瑟在御，岁月静好。"

她睁大双眼，泪痕未干，满是疑惑地问我："为什么我会觉得这么辛苦？想过岁月静好的日子，怎么这么难？"

2.

曾经热播过的电视剧《我的前半生》，其实改编自中学时代我就看过的亦舒的原著。小说真实入骨地写出了婚姻的真相，读完让人汗毛倒竖。

女主角罗子君是个全职太太，丈夫事业有成，家中经济优渥，多年以来养尊处优。她大学毕业，受过高等教育，会说一口流利的英语，能穿得体的礼服陪丈夫应酬。家里有女佣，她可以十指不沾阳春水，从不操心为生计奔波的事情。

按理说，她的生活应该是“岁月静好”的代表了吧。

可是某一天，已经结婚十多年的罗子君，像往常一样整理好一双儿女的书包、衣服，送他们出门上学，之后照常去美容店护理，顺便给下个月过生日的丈夫买了一条鳄鱼皮的皮带。

然后，丈夫却毫无征兆地掷来一句话：

“子君，我要同你离婚。”

说完，丈夫就拎起一只皮箱走出家门，再也没有回来。

她整个人完全蒙掉了，还没有搞懂是怎么回事，丈夫就开始迫不及待地和她接洽，财产的分割、房子的归属……原来，早在半年前丈夫就已经有了外遇，所有人都知道内情，甚至连十二岁的女儿都知道，只有她被蒙在鼓里。

可是，女儿对她的遭遇，丝毫没有同情和心疼。

罗子君说：自己虽然做家庭主妇，但是仍然很辛苦。女儿却马上反唇相讥：“是吗？你辛苦吗？我不觉得，你除了喝茶逛街之外，什么都没做过。”

“家里的活儿是用人做的，钱是爸爸赚的，过年过节奶奶和外婆都来帮忙，我们的功课有补习老师，爸爸自己照顾自己。妈妈，你做过什么？”

一句反问，让一个妈妈的自我安慰瞬间崩塌。一个人，如果自己不强大，连亲生女儿都会嫌弃你。在外人看起来“岁月静好”的生活，不过只是一副弱不禁风的躯壳。

我听到过许多姑娘许下的愿望：因为自己是女孩子，所以这一生不想轰轰烈烈地打拼事业，只要一辈子守着一个人，拥有岁月静好的生活就够了。

可是姑娘，你要知道，我们的生活就是海上航行的小船，而你就是小船上唯一的舵手。你当然可以希望航行的全过程风平浪静，但你也应该理性地知道：海上的风云变幻莫测，你头顶的这片天空是雨是晴，谁也无法决定。

并不是我们每天都早起按时上班，承担了一点工作压力，应对了几回客户的刁难，承受了几次老板的白眼，再有过几次熬夜加班赶报告，我们就是充满了勃勃野心的女强人。

相反，这是做每一份工作，都必须面对的东西，是作为一个社会人，能够养活自己、能够生存下去的标配。

很多姑娘都不知道，其实“岁月静好”这个愿望，大概是永远都不会实现的：

以为会心疼自己一辈子的爱人，没过多久却移情别恋；

以为会珍惜自己一辈子的朋友，没过多久却分道扬镳；

以为会照顾自己一辈子的亲人，却在某个时刻猝然长逝，相见时难别亦难。

生活中的危机，从来都是不请自来的不速之客。它总是在人毫无防备的时候，大踏步地来到我们面前。

这个世界上，唯一不变的东西，就是变化。

或许在我们刚刚许诺“岁月静好”的那一刻，就已经西风乍起，流年暗换。

3.

宋朝有位奇女子，名叫刘娥。她聪明伶俐，天资聪慧，与宋真宗相爱，却因为出身寒微，始终不能得到皇室的认可。

所以，宋真宗只能把她安顿在皇宫之外，金屋藏娇了十五年。

一个美貌的女子，在那个男权至上的年代，拥有爱情却不见天日。生命中最美好的十五年，却只能在宫外委曲求全。无数个内外交困、寂寞清冷的夜晚，她独守空房，自己的爱人，却在皇宫之中芙蓉帐暖。

若是平凡女人，恐怕早已经心灰意冷，悲伤绝望了吧。要么，暗自长嗟郁郁寡欢，沦为度量狭小的怨妇；要么，讨好取媚用尽心机，甘愿成为男人的附属和玩物。

但刘娥并非目光短浅的庸脂俗粉，她很快振作起来。博览群书，研习历史，精进琴棋书画，增长智慧见识。十五年，无数个孤独冷清的漫漫长夜，却变成了她增值自己的最佳岁月。

待重回宫中，她横溢的才华和独到的见地，顿时令三千佳丽显得浅薄无知，让六宫粉黛失去了颜色。宋真宗因此对她更是欣赏有加，将她立为皇后，一生对她痴爱不渝。后来的刘娥，还成为了宋朝第一位摄政太后，治国辅政，功绩赫赫。

许多人感叹，在那个三妻四妾的年代，在那个燕瘦环肥的后宫，身为君主的宋真宗却只对刘娥一人真心，这份痴情，实属难得。可是，如果没有之前十五年的韬光养晦，没有之前十五年的委屈和忍耐，又怎能发生后来的一切？若是没有真正的实力，又怎能在身居高位之时，把一切梳理得井井有条，坐稳了那个千万女人惦记着的位置？

人们总是羡慕现世的安稳，喜欢读平步青云的故事。可是很少有人记得，**只有在经历过一些经历，痛苦过一些痛苦之后，拥有的一切，才是最值得珍惜的。**

你眼见到所有岁月静好、生活幸福的人，要么是他们从没有停止过背后的努力，要么是暗中潜藏的危机，尚未来到。

不经历波折而得来的安稳，一定不是真正属于你的。

4.

可可·香奈儿出生于一个底层家庭，她的母亲是一个典型的劳动妇女，一直从事繁重的体力劳动。因为在很年轻的时候染上了肺结核，所以母亲32岁就去世了，而她的父亲在母亲死后，就把五个孩子全部遗弃。那一年，香奈儿只有12岁。

香奈儿被送进了修道院，她在那里学习了缝纫，迷上了服装剪裁。

后来，她遇到了卡伯，一位很有修养的男人。两人谈起了恋爱，卡伯成为香奈儿精神上的引路人，不仅让她接触到东方艺术和玄学，还鼓励她做设计，敦促她不断扩张生意。

很快，她的服装生意就风生水起。除了事业发展，她最大的心愿就是和深爱的卡伯厮守终生。但爱情在阶级面前总是脆弱得不堪一击，卡伯迫于父亲的压力，娶了一名门当户对的名媛做妻子。

卡伯娶了别人，让香奈儿心碎；而婚后不久的卡伯，却在车祸中突然丧生，于她简直就是晴天霹雳。香奈儿的心也跟着卡伯死了，无以疗伤的她只能把自己全部的精力投入到工作中去，来减轻爱人离世对她造成的伤痛。

后面的事情，我们便都知道了：她设计出了海魂衫和休闲裤，让女人的装束可以和男人一样轻松自在；她是第一个把廉价的针织材料设计成时装的人，让每个人都能轻而易举地拥有时尚；她设计出的第一条小黑裙，从此成为优雅女性的代名词；经典的香奈儿 5 号香水，迄今为止都是 Chanel 品牌最赚钱的产品……

今天，当年轻的姑娘们抱怨自己买不起香奈儿的时候，却不知道香奈儿女士是经历了怎样的风雨飘摇，才从社会底层杀出一条血路，构建出了金碧辉煌的时尚帝国。

希望岁月静好，并没有错。

错在我们把这个词语的意思理解成了：不用努力、不用奋斗、不用做出任何改变，就获得可以心满意足的生活，就可以被宠爱一辈子。

你说羡慕鸭子在湖面上的悠闲自在，可是你有没有见过，它的脚掌其实是在水面之下，一刻不停地划着水呢？

不幸和幸福一样，都是比较出来的。有过多少颠沛流离的青春，就能迎来多么岁月静好的中年。女人的笃定和安稳，不是年复一年在神前许愿就可以得来的奢望，而是走出风雨、过尽千帆后的开朗。

二十几岁的姑娘，请忘掉“岁月静好”，勇敢去追求自己想要的灿烂。

风雨和苦难，任谁都无法避免。如果害怕风浪，那便只能随波逐流，就不能成为一名好舵手。

一直喜欢一句英文谚语：If life gives you lemons ， make lemonade。

我们总是抱怨，上天分给我们的是苦涩的柠檬，但其实，只是我们自己厨艺不精。当有一天，我们有本事把它变成柠檬汁的时候，才会从中，品尝出又酸又甜的美妙滋味。

痛而不语，爱而不伤

1.

演讲节目的舞台上，一位女明星露出招牌式的微笑，正在用娇滴滴的声音演讲。

她的身材很苗条，说起话来一口嗲嗲的港台音。我对这样的女明星向来没有太多关注，觉得她们不过是靠着漂亮脸蛋出名，于是拿起遥控器，准备换台。

没想到，女明星说到动情之处，忽然语气缓慢、神情坚定起来。而她演讲的内容，竟然完全把我吸引住了。

在一次拍摄过程中，她骑的马匹受惊，眼看就要撞到大树。情急之下她决定跳马，却被重重摔落，然后又被马匹狠狠地踢了一脚。

剧痛袭来，世界顿时一片空白。

醒来后，她已躺在了医院。医生如实相告：受伤的地方，在心脏下面一公分。肋骨断掉六根，七个地方骨折。如果受伤的位置再往上一点点，她此生就再也见不到自己的亲人了。

医生看她太柔弱，怕她承受不了剧痛，便提醒她："肋骨骨折，是非常巨大的疼痛。恢复过程也非常艰辛，所以你要忍！"

她望着医生，只用微弱的声音，问了一句话："我会好吗？"

医生说："会！"

从此，她就再没有喊过一句疼，再没有掉过一滴泪。她说："我要把全部的精力，都用来让身体复原。哪怕，每一口呼吸，都让我好疼好疼。"

节目里的她，还是那一口嗲声嗲气的娃娃音，可是说出的每一个字却是那么掷地有声。所有人都想不到，一个平时弱不禁风的小女子，身体里竟然有如此巨大的能量，去承受住这种突如其来的剧变。

每个人的一生，都难免会遇到几个难熬的时刻。但当生活的磨难以一种意外的方式不期而至，又有几个人能够真正做到泰然处之？痛苦伤心、流泪抱怨，自然是人之常情。可是这一切，真的对走出境遇有所帮助吗？

那些难熬的日子，就像在黑暗之中独自行走。两眼漆黑，不见五指，会害怕、会恐惧、会孤独，更不知道何去何从。可是大喊大叫未必能够壮胆，反而表明了内心的软弱；悲伤哭泣未必觉得舒服，反而暴露了自己的无助。

最好的方式，恐怕只有节省精力，尽力寻着那一点微弱的光亮，

一步一步，直到走出去。

2.

我的一位闺密，与我相交十几年，中学时代起就是我的好友。她身材娇小，是家中独女，从小备受宠爱，难免有些女孩子的娇气。

还记得，有次学校组织注射疫苗，她因胳膊被扎了一针，就从头到尾哭了一节课。棉花球粘在手臂上不肯拿下来，竟然一直保持了一整天。

我们笑她太夸张，她却睁着大眼睛无辜地反问："打针这么恐怖的事，难道你们都不觉得疼吗？"

直到前段时间，她刚生了宝宝，我前去看望。她虚弱地躺在医院的床上，身体尚未完全恢复，见我去了，勉强挤出了一个有气无力的笑容。

我心疼地问："生宝宝，一定很痛吧？"

本来，以为她会向我大吐苦水，一把鼻涕一把泪，诉说整个生育过程的艰难和不易。可她却没有，只是望着我的眼睛，一字一句地说："特别疼。"

我惊讶于她的平静："你一向最怕疼……究竟是怎么忍过来的？"

她苦笑了一下，说："其实，方法也不难。"

那天她进了产房，疼痛渐渐加剧，她索性紧闭着双眼咬紧牙，嘴唇上都咬出了一道齿印。她直感觉肚皮发麻，嘴唇发白、汗珠如雨，连说话的力气也没有了。

上了产台，一阵阵巨大的疼痛接连袭来，腹部简直像要炸裂开来。一向怕疼的她，终于再也忍受不住，大声地喊了出来。

医生听了，严肃地制止她："不要叫了！那样只会白耗力气，会导致宝宝缺氧难产！集中注意力才能加快产程，这个关只能你自己闯！你不忍着点，谁也帮不了你！"

一语点醒梦中人。

她忽然想起之前母亲的叮嘱："就算再疼也要忍，无论多疼，千万不要喊出声！"

她连忙闭上了嘴，再也不敢喊一句。说来奇怪，尽管疼痛还是一阵阵如海浪般袭来，但她似乎真的变得有力气许多，后面的过程，也都进行得很顺利。

看着襁褓中熟睡的宝宝，朋友苦笑："现在才知道，有些事情，其实任何人都帮不了你。只能自己默默忍耐，除此别无他法。与其大声喊叫抱怨，还不如把全部力气都用来做好眼下的事。或许，这才是结束痛苦的最有效方法。"

诉说、抱怨、喊叫，或许能够适当宣泄情绪，但每个人的时间和精力都终究有限。**伤心和抱怨消耗了多少力气，想要走出苦痛，**

也就会减少与之相应的那些元气。

3.

娴儿不久前刚刚失恋，男友移情别恋，爱上了别的女生。那段时间，她哭得天昏地暗，整天以泪洗面。我们几个朋友怕她孤独，一有时间便约她一起逛街、吃饭、散心，听她倾诉心中的委屈。

但她仍然嫌不够，还是时常觉得孤独。不管是在工作时间，还是凌晨三点，只要一遇到心情不好，她就会打电话给我们，在电话里一哭就是两个多小时。倾诉的内容翻来覆去，无非是自己对男友那么好，男友怎么还是劈腿负心、伤害自己之类。

一个月内，她暴瘦了 20 斤，仿佛一下子苍老了十岁，就连精神也有些恍惚。家人又不在身边，她只能由我们几个闺密轮流照顾。我带她去看心理医生，可作用却不大。回来的路上，她流着眼泪，反反复复只念叨一句话：“为什么要这样对我？”

一个好端端的女孩，竟然因为一次失恋，就活脱脱地变成了祥林嫂。她那副精神不振的样子，既让人心疼，又让人恨铁不成钢。

凌晨一点，我结束了加班刚刚睡着，娴儿却又一次打电话找我哭诉，内容仍是一样的反反复复。这次我再也忍不住了，在电话里冲她大喊：“谁没有过几次失恋？谁的失恋又不痛苦？你整天把它挂在嘴上，怎么能够走得出来？”

“难道，在这段爱情里，你就没有感受过快乐吗？没有享受过美好吗？你当初选择了拥有，就意味着能够接受它在某一天失去。既然爱了，就不要言伤，委屈、抱怨又有什么用？还不如多省下些力气，把自己变得更强大点呢！”

放下电话，我回想刚才的话，有些后悔。担心自己说的话有些重，第二天一下班，我就跑去看她。

出乎意料的是，来开门的娴儿，这次头发梳得整整齐齐，脸上略施一层薄粉，还涂着淡淡的唇彩。看见我来，露出了久违的笑脸。

看着我惊讶的表情，她拥抱了我：“昨晚你的话，让我一夜未睡。我前思后想，觉得你骂得真对。”

“有些人有些事，确实应该过去了。委屈抱怨全都没有用，只是白白耗费力气。现在的我，不会再浪费时间去想那个负心汉，要多疼爱我自己才对！”

爱情不是一场交易，真金白银，账目清晰，一目了然之下，就可以辨明孰是孰非，自己究竟是赢利还是亏损。

一段爱情，只要真心爱过，得到的美好，便一定是属于自己的。

就算最后分开，也不必言伤。因为只要真心付出过，就终究不会血本无归。

4.

电影《肖申克的救赎》里，安迪被冤枉成杀死妻子的凶手，和一群囚犯被押送至肖申克监狱。监狱里的老囚犯们互相打赌，内容是猜猜新来的这一批人中，谁会先“撑不住”。

夜里，一个胖子受不了监狱中压抑的氛围，气急败坏地大喊大叫，最后被残暴的典狱长暴打，送医后很快就死了。

而看似斯文的安迪，却显得异常冷静。他没有抱怨，也没有喊叫，只是不动声色地周密部署。十九年后，他终于实现了自己的越狱计划，重获自由。

我们总以为，在遭受痛苦和不公的时候，把委屈大声地喊出来，别人就一定会理解自己，我们的心里就一定会好受一点。可是别忘了，喊叫、喧哗、抱怨，并不能对目前的境遇有所帮助，反而会更加显示出内心的软弱与怯懦。

生活本来就是如人饮水，冷暖自知。你的喜怒哀乐，别人可以感知，却从来都不会感同身受。就算一个人与我们的关系再亲密，也不可能时时刻刻做到同悲同喜。想要真正从痛苦中走出来，只能靠自己。

作家廖一梅说："人应该能够揪着自己的头发，把自己从泥地里拔起来。"**想要走出低谷，唯一的办法，只能是往前多走几步。**

没有哪个人的一生会一帆风顺、无宠无惊；也没有哪个地方的天空，会永远艳阳高照、晴空万里。或许彼时还是朗日融融，此刻便是大雪压境。当困苦袭来，唯有接纳、积蓄，然后等待。

把自己当作一只松鼠，在数九寒天里蛰伏。留着所有力气，直到草木发芽，花朵开花；只为迎来冬天过后的，那一抹春意。

别把人生看成一道选择题

有位读者深夜发来邮件，向我诉说她的迷茫。她在信中倾诉，说自己正处在人生的十字路口，面对多种选择，整日寝食难安，不知究竟何去何从。

这位姑娘毕业以后留在了大城市，找到了一份收入不高，自己却很喜欢的工作。可父母总是催促着让她回老家，找一份更加稳定的工作。一个人在大城市打拼，压力实在很大。最终，她不堪城市生活的重压和父母的反复劝说，回了老家发展。

可是一年过去，她仍旧对大城市的一切心心念念。虽然老家的生活没什么压力，身边有亲人几许、知己二三，但收入与发展前景都与大城市相去甚远。她现在的工作，只能解决温饱问题，却无关理想；她想重回城市，又畏惧买房、买车、结婚的重压。

姑娘，很抱歉，我并不能代替你做出任何选择。不过，我倒是可以告诉你几句经验之谈，顺便再讲几个真实的故事。

第一句
只有尝试过，才知适不适合

大学毕业那会儿，几家有名的大公司早就看中成绩优秀的佳佳，纷纷向她抛出了橄榄枝。可是佳佳，却报名了对外汉语志愿者，远赴新加坡任教。

规定任期是两年，期满后就要卸任回国。很多人劝她："两年以后回来，还不是要重新找工作吗？既然面前已经有了这么好的机会，不如直接工作，何必还要再耽误两年呢？"

但佳佳说："趁着年轻，我想要多尝试，尽可能地到达更远的地方。出国任教，将会是我非常独特的人生经历。"

两年后任期已满，她由于表现突出，得到了难能可贵的留教机会。可出乎所有人的意料，她却婉拒了留任的邀请，坚持回到国内。

很多朋友，这时又开始惋惜："当初不愿意你去，是因为待不长久；可现在能获得长久的工作机会，你怎么反而放弃了呢？多少人求都求不来，你竟然主动放弃，真不理解你究竟怎么想的！"

回国以后，我们聚会，她终于吐露了回国的原因："国外工资虽高，但生活成本也很大。在那里，教师是一个很受人尊敬的职业，但这种尊重，更多是出于一种礼貌性的对待。身边没有家人、没有朋友，我完全找不到归属感。相比国外的繁华，我更喜欢国内的温暖和热闹。”

我问她：“既然如此，当初还真不如在国内直接工作呢。这样看来，在国外的两年时间，付出的那些时间和精力，不是全都白废了吗？”

她平静地回答：“我并不认为是白白荒废啊，相反，这是我人生中最有意义的两年。

“这两年里，我学会了独立生活，见过了更大的世界。我接触了一种更加新鲜的文化和价值观，无论对人还是对事，都有了自己独立的思考和判断。

“选择出去，因为想要见识更大的世界；选择回来，因为已经确定了想要的生活。两年以后，看似回到了原点，我却已经不是原来的我。现在，我的内心已经充满了笃定，看待世界的眼光也早已不同。如果一直留在国内，我是绝对不可能拥有这样的成长速度的。

“我用了两年的时间，明确了未来人生的方向，没有给自己留下任何遗憾。你们说，还有比这更加值得的事情吗？”

所有人都一样，早晚都会走到几个四通八达的岔路口中央。因为选择太多，我们会站在最中心的位置徘徊许久，却迟迟不敢迈开前进的脚步。

父母说，某个专业有前途，于是我们考进了自己不喜欢的专业；老师说，就业还是要拼高学历，于是我们一窝蜂地去考研；学长说，研究生就业形势也不乐观，还不如直接去创业……当我们把所有人的建议都问过了一遍，却发现问题不但没解决，反而还比以前更困惑了。

所有的畏惧犹豫，都只因为三个字——“输赢心”。

我们总以为选对了，在人生的考场上就能得到更高的分数；选错了，就从此进入了差等生的行列，再也翻不了身。所有的选项都看似有理，这更加让我们举棋不定——多么想偷偷地瞥上一眼别人的试卷，或者最好，能有人直接告诉我们标准答案。

可其实，人生的选择从来就没有对错之分，并不是选了 A 就能成为人生赢家，选了 B 就永远一败涂地。人生犹如一辆马车，生活便是不断向前滚动的车轮。绝不是只要做出一两次正确选择，就可以从此高枕无忧，万事大吉。

生活终归是自己的，没人知道你怎么选才是最合适的。自己的人生只有自己去把握，只有尝试过，才能确定真正想要的是什么。

第二句
所有的选择，都会承担风险

杨澜曾经回忆，当初她决定从央视辞职去留学的时候，多少带着一点儿悲壮的气魄。

大学毕业后，杨澜就加入了央视当时收视最好的栏目《正大综艺》，一时间红透了大江南北。作为一个刚刚大学毕业的姑娘，她可以算作千万人羡慕的幸运儿了。

1993 年，她参与了中国的第一次申奥。但那次申奥失败了，这让她看到了当时国家整体实力的不足，也看到了东西方文化差异的的鸿沟。年轻的她虽然已经颇有名气，但却不想做一只美丽的花瓶。她希望不断充实自己，变得有思想、有头脑，对这个世界拥有自己的见解和观点。

当她决定辞职时，周围的小伙伴们都惊呆了。他们觉得简直难以置信：那个年代，想要留学就要先辞去公职；她毕业还不满 5 年，辞职还要缴纳一定的罚款；护照也不一定能够办得下来；而最后如果她被拒签，那就等于完全失业，切断了自己的后路。

许多人劝她："你知道有多少人，打破头都想坐在你这个当红主持人的位置上吗？你放弃央视这么好的机会，冒这么大的风险，真的值得吗？"

其实杨澜的心里，也没有十足的把握。但她很清楚，相比来之不易的成功和浮夸的名气，她更想要去看看广阔的世界。于是，她还是孤注一掷地选择了辞职，那种悲壮与决绝，不亚于项羽背水一战。

随后，她便在公众的视线里消失了。而当 2001 年，她再次作为申奥大使帮助中国申奥成功的时候，站在所有人面前的，已经不是当初那个青涩的小女孩，而是一位成熟、优雅、充满内涵的女性。

在父母和一些人的眼中，最好的人生，永远都是稳定的，一眼望去就能看得到尽头。我们或许也会觉得很枯燥，也会觉得不喜欢，可是因为害怕承担风险，就迟迟不敢冲破头顶的那层玻璃天花板。

我不能评价哪种生活方式更好，因为人生，并不是一道选择题。每一种选择，都有自己的代价和风险；每一种选择，也都有自己的乐趣和收益。

它从来没有一个标准的答案，任何一种选择都可能会是错的——但你只要一直尽力向前走，那就对了。

人的一生，起点和终点都是早已经确定好的。选择不同，只不过选择了途中不同的风景而已。

第三句
所有的选择，都不会一劳永逸

一个青年，出生在一个富有的书商家庭。他从小喜爱文学，还独立创办了文学社。在大学，他以优异的成绩考入了法律专业，母亲一直希望他能成为出色的律师。

一切看似顺理成章，可是一次偶然的机会，他听到了一位小提琴家演奏的乐曲，便从此爱上了音乐，甚为痴迷。

当时的他，已经19岁，对于学习音乐的人来说，已经算是高龄了。但他实在太过喜爱，考虑再三之后，他终于放弃了名校的法律学位，改为学习钢琴。他想尽办法拜钢琴名家为师，因为天资聪颖，仅仅两年之后，他就在演奏界崭露头角，名声大振。

无论怎么看，这都是一个相当励志的故事，一个卓有才华的天才演奏家，本应该从此诞生。但命运总是喜欢开玩笑，由于太急于求成，他使用了错误的练习方法，一根手指永远地失去了活动能力。

演奏之路从此断绝，他为此伤心欲绝。可他对音乐的热爱丝毫未减，短暂的调整后，他并没有放弃音乐之路，而是把方向转变为作曲——这个青年名叫舒曼，后来成为19世纪影响最大的作曲家之一。你一定在有意或无意之中，听过他的一些作品。

有些选择你真的喜欢，从各方面去看，也非常完美。可是命运，不会一直向你规划好的道路前行。有时候，它会随意抛出一个难题，让你不得不改变原来的方向，被动地重新进行选择。

所有的选择，都不会一劳永逸。因为做出选择的那一秒固然重要，但更重要的，是你接下来所为它付出的一生的努力。

或许，我们从一开始就想错了，人生从来不是一道选择题。

如果一定要比喻，它更像是一道应用题。每个人拿到的题目都独一无二，面对不断变幻、错综复杂的已知条件，能够最终写下正确答案的人，只有你自己。

想要做出回答，必须先进行理性思考，客观地分析，渐渐梳理出埋藏于心中的那个谜底。无论你的解题过程是逻辑缜密、丝丝入扣，抑或是简单朴素、四两拨千斤，只要是自己内心的真实想法，就不失为一个好的回答。

剩下的事，不过是把握时间，奋笔疾书，郑重地填好那张叫作“人生”的答题卡。

最悲哀的事莫过于：想留下的人，在始终流浪；心怀远方者，却原地彷徨。

想去追寻，那就背上行囊；想要守候，那就别再张望。

不要总是问我，应该怎么选择。

真正重要的，是清楚你的目标。并且付出不断的努力，将它实现。

祝我“半路顺风”

1.

见过小夏姐的人，都说她是一位只见一面，就足以爱上的女子。

小夏姐是一家外企的部门主管，能力出众，气质优雅，穿着对身材要求极高的修身裙装，一头长发倾泻而下，笑起来很像林志玲。但她丝毫没有美女的架子，讲话幽默，十分有亲和力。上班时一副精英模样，下班后的生活却很多彩：健身、画画、陶艺、烘焙、瑜伽……并且每一种都“玩”得有模有样，让人佩服不已。

唯一美中不足的是，小夏姐三十四岁了还依然单身。

直到去年，她才和一位留学归来的青年教授结了婚。据说，当初青年教授对她一见钟情，想尽各种方法追求：早上把亲手做的早餐送到她家门口；下班准时等候在公司门口送她回家；每周二上午九点半，一大束鲜红的玫瑰花一定会准时送到她的办公桌前；她说一句想吃榴梿酥，他就跑遍大半个城区、排队两个多小时，一定要买到最正宗的那一种；她钟情一位国外的老牌歌手，他就想尽办法，不惜托关系、花重金，淘来最珍贵的限量版专辑。

更难能可贵的是，青年教授对她的热情并没有在结婚后减退，而是一如既往地对她呵护备至。我们都觉得，像小夏姐这样优秀的女人，肯定拥有非同一般的吸引力。

有次聊天，我问起小夏姐："你究竟是怎样修炼得这般优秀的？让林教授这样的钻石王老五，都对你一见钟情，疼爱有加？"

她摇摇头，笑着自嘲："其实在恋爱方面，我一直是个失败者。结婚前交过的男朋友有五六个，而我，一直都是被甩的那一个。"

我有些难以置信："怎么可能？你这么漂亮，工作又好，还多才多艺……那些男人，也太没眼光了吧？"

她顿了一下，似乎在回忆着什么："也不能全怪他们……其实原来的我，完全不是现在这个样子。"

小夏姐的第一任男友是她的大学同学，对方嫌弃县城出身的她又土又胖，恋爱之后终于劈腿，和一个漂亮女孩在一起了。她躲在宿舍哭了三天三夜，之后痛下决心减肥，每天围着操场跑一千米，食物也只吃很少的一点点。后来，她不仅瘦了下来，运动的好习惯也一直保持到现在。

第二任男友是工作后认识的，对方总说她性格太强势，缺乏女人味。于是她报名学习了肚皮舞。一段时间以后，她从腰身到眼神，全都变得柔软灵动。虽然后来二人还是因为性格不合而分手，但她的气质却早已经与先前千差万别了。

第三任男友是个金牛座，喜欢各种美食。因此她报名了烘焙班，学做各种西点给他吃。可后来对方去异地发展，两人前途不同，也不得不分开。可是她从此爱上了烘焙，每有聚会都会小露一手，靠着美味圈粉无数。

第四任男友在一家 IT 公司上班，平时喜欢下围棋。为了能和他切磋，小夏姐买来许多围棋教程，一有时间就钻研棋谱。虽然最后二人还是以分手告终，但她却从围棋中培养了严密的思维方式，这让她在工作中十分受益，事业愈加风生水起。

……

小夏姐若有所思："其实，我应该感谢他们才对。如果没有感情上的一次次失败，我也不会一点点地变好。若是这一路走来太顺利，就不会有现在这样优秀的我，更不会遇见同样优秀的林教授了。"

每个人都渴望一帆风顺的爱情，可那终究是可遇不可求的。

即使曾经用心浇灌，爱情之花也难逃枯萎，确实是一种痛苦和遗憾。可只要真心付出过，那些美好的过往总会在不经意之处留下一些芬芳，把生命浸润得花香弥漫。

2.

一位著名的娱乐节目主持人，年近四十才成名。

有一次，记者问他：“在职业生涯里，你最感谢谁呢？”

那位主持人想了想，回答说：“是我刚到电视台时，我的那位上级主管。”

“他一定对你很器重吧？”记者问道。

“不，他对我处处刁难。”

记者不解，困惑地望着他。随即，这位主持人说出了自己坎坷的经历。

当初，他以面试第一的成绩进入电视台，经过挑选，台里决定把他分配到一个炙手可热的访谈节目。那时的他意气风发、摩拳擦掌，准备施展一番拳脚，开辟出一片属于自己的天地。

孰料，年轻的他不经世事，直言不讳地给节目提意见，得罪了领导。从此，出镜的机会再也与他无缘，他只能做一些场务之类的打杂工作。最过分的是，为了刁难他，领导甚至丢给他一大堆陈年的音乐 MV 录影带，让他日复一日地不停观看，并且每一部都要整理成文字版。

谁都知道，这样的工作简单重复，又毫无意义。但他强压着怒气答应了。每天做完杂活儿，他就把自己关在一间小屋里，以录影带为伴。除了开会的时候能够看到他的身影，其他时间，他在职场完全成了透明人。

一个初来乍到的新人，没有经验、没有背景，更没有人敢为他说话，那段日子对他来说简直是喝口凉水都塞牙。

一晃几年过去了，同一时间进入电视台的同事们，都早就能在节目中独当一面了，可当初条件最优秀的他却惨遭雪藏，心中真是郁闷至极。

他一气之下，向台里请了一个月假，准备四处游走散心，只等回来以后，立即提出辞职。

一天，他正在机场准备登机，忽然偶遇了一位当红歌手。那位歌手平时为人低调，不喜曝光，他们节目组曾经几次邀请，都被对方拒绝了。

一个电视人的直觉告诉他：这次机会千载难逢。何不趁现在和歌手有所接触，然后再顺便邀请他参与节目呢？但那位歌手本来就低调，自己又没有任何采访准备，怎样才能取得对方的信任，让他同意自己的请求呢？

正在苦恼之时，他脑海中突然闪现出几个画面。那是歌手刚出道时，一首 MV 中的几个镜头。

何不以此为切入点，展开话题呢？

他先和歌手聊起了音乐，继而把话题转到曾经看过的那个 MV，提出了许多独到的见解。歌手大为惊讶，他没想到，那首老歌已经过去了这么多年，竟然还会有人清晰地记得里面的细节。那个情节，虽然是他精心设计，却一直都被忽略，很少有人注意到。

他们越聊越开心，越聊越投缘。最后，歌手竟然破例同意了录制节目的邀约。

当天晚上，他连夜写出了一篇有深度的策划方案，第二天他就“飞”了回去，连家都没回，直接到台里递交了方案。领导对他虽有成见，却也不得不对这位知名歌手加以重视。而他，作为歌手钦点的采访人，也终于获得了出镜的机会。

那期节目做得很成功，他也从此破冰，越做越顺，成了家喻户晓的音乐节目主持人。

谈起那段经历，他至今还颇为动情："如果没有那段被雪藏的日子，可能我永远都会心气太盛，不会踏实下来，真正去学习那些看似枯燥却十分必要的东西。如果没有当初的积累，就算机会摆到面前，我也未必能够把握得住。回过头看，那些看似一路顺利的同事们，至今仍然在做最普通的节目，很多仍然默默无闻。"

很多时候，我们并不能领会命运的深意。

每逢胸臆不抒，便会怨天尤人，恨不得手指苍天，质问一番，为何要在生活的道路上，给我们设置如此多的障碍与坎坷?

然而我们却忘了，生活如登山，本就费力且艰难。

只有走过这些曲曲折折的羊肠小路，才能最终通向山顶最美的风景。若是上山之路太过顺直，终会因为陡峭无比而令人生畏。若是稍有疏忽，就会跌落云端、粉身碎骨。

3.

有位朋友是飞行员，在一次执行任务前，我祝福他："愿你此行，一路顺风！"

没想到，他却摆摆手说："千万别，祝我'半路顺风'就好。"

见我十分不解，他解释道："在飞行阶段顺风固然好，但在起飞和降落的时候，逆风才更加安全。如果此时还是顺风前行，飞机就会变得很难驾驭，甚至稍有不慎，飞机就会完全失控。"

人生正如一段飞行，不必强求一路顺风。在适当的时候遇到一些曲折，在不经意的时候绕过一些弯路，那种过程虽然痛苦，却未尝不是一件好事。因为，你走过的每一处路口都是相通的，踩下的每一个脚印都是相连的。当有一天看似走投无路，或许回身的一个瞬间，就踏上了另外一条坦途。

不跌下几回低谷，怎消心中浮躁？

不品尝几次失败，怎减青春狂骄？

若有一天，回首来路，身后只剩一条直直的路途，这样的经历，也未免太无趣了一点。有弯有折，有曲有直，踏遍高山峡谷，看尽海浪密树，才能称之为一场足够过瘾的旅途。

逆风的方向，有时更适合飞翔。

只要每一次起飞，都全力以赴地把握航向，终有一天，能降落在属于自己的璀璨机场。

最大的勇敢，是逆境中的善良

1.

和朋友相约见面，她姗姗来迟，一坐下就赶忙和我道歉。

只见她满脸通红，端起一大杯饮料一饮而尽，一连说了好几声：“太可恨了！太可恨了！”

我很奇怪，平时那么温和的一个人，怎么突然间发起这么大的火，于是问她：“究竟发生了什么事？”

“你知道吗？在刚才来的路上，我看到有个女人，正在街上殴打一个两三岁的孩子！”

“那孩子太小了，还不怎么懂事，说话也还模模糊糊。女人先是挥拳头重重砸在他的身上，接着又扇了他好几个耳光。最后，干脆把小孩推倒在地上，用脚直接狠狠地踹！”

我惊讶得瞪大了眼睛，心都揪了起来：“为什么打孩子？快说说，后来怎么样了？”

她喝了口水，又继续说，语气依旧愤怒：“孩子的身上都被打出了血印，哭得撕心裂肺，但她就是不罢手！我和几个路人上前劝阻，可别人越劝，那女人就打得越狠。她还扬言说：‘我自己的小孩儿，就算打死了，也不用你们管！’我只好打电话报警，最后孩子被打得都哭不出声音了，我又赶紧叫了救护车。”

我听得心惊胆战：“这孩子……恐怕不是她亲生的吧？”

“不，经过警察询问，打人的正是孩子的亲生母亲！”

“她解释说，自己刚刚离婚，面试了好几份工作都被拒绝。孩子在街上哭闹起来，自己心情特别郁闷，才对他拳打脚踢。她还说，自己其实很爱孩子的……”

朋友还是愤愤不平，我则沉默了许久。

感情上的不顺、求职上的碰壁、心情上的烦闷，这些都不是孩子的错，却为何要把无辜的孩子，当作发泄情绪的工具呢？

心情好的时候，相信每一位父母都会对孩子和颜悦色。

而只有在心情失落之时，还能对孩子充满耐心的父母，才能算是真正的爱孩子。

2.

柴静曾在自己的书里，写过这样一个故事：

网上流传一段视频，内容是一名穿高跟鞋的女子，把一只小猫踩在脚下，反复碾压践踏，极尽虐待。小猫痛苦地举起一对爪子，无力地抓挠着，发出阵阵惨叫。女子不但无动于衷，甚至还脸上带笑，抬起高跟鞋的细跟，对准小猫的眼睛狠狠地戳。最后，一只原本健康的小猫，竟然被活活踩死。那场面鲜血淋漓，残忍至极，简直不忍直视。

视频一经公布，立刻引起了公众的愤怒。有人惊讶地认出，虐猫的女人竟然是自己的同事。令人奇怪的是，她平时为人很和气，做事也很周到。没人能想到，她竟然会对一只无辜的小猫下此毒手！

事情传开了，反响越来越大。一时间，视频里的女人再也不敢出门，就连她的女儿都不敢正常上学。

柴静想要采访她，她开始很是抗拒，后来却颇为突兀地说了一句："其实我也很善良、很有爱心，这件事只是欠考虑。"

在记者的劝说下，她终于肯吐露心声："有谁能理解，一个离异女人内心的抑郁和对生活的苦闷？正是因为这份压抑和烦闷，使我对生活丧失了信心，才发泄到无辜的小动物身上，自己成为不光彩的角色……"

我们可以理解生活中那些艰辛与酸楚；也可以理解一个人背负重担之时，心中积蓄的压抑与苦闷。它们就像一堵堵无形的墙壁，横亘在每个人的面前，稍不注意，就会把自己碰得头破血流。

只是，我们不能理解的是，这样的烦闷与压抑，化解的方法本来有很多，为何一定要用摧残其他生命的方式进行宣泄?

弱肉强食虽然残忍，但那是自然界亘古不变的法则，动物之间的生杀掠夺，仅仅是为了生存。或许只有人类，才会以其他生命为代价，进行发泄甚至娱乐。剥夺其他生命生存的权利，仅仅是图得一时之快。

人性是一种复杂的情感。**很多时候，善与恶并不那么分明，界限细如发丝、悬于一线。我们每个人都会在其边缘不停游走，可是一旦越线，便是天堂与地狱的云泥之别。**

3.

我的一位学长，曾经是一家 IT 公司的中层干部。他的专业能力很强，却不善手段，最终成为上层权力争夺的牺牲品，不得不被迫离职。

更为雪上加霜的是，那段时间，他发现交往多年的女朋友移情别恋，一段刻骨铭心的付出，最终换来了对方的抛弃。

再后来，就渐渐没有了他的消息。只听说，他因为遭受双重打击而远走他乡。我们都猜测，他或许是失去信心，从此一蹶不振了。

几年之后的校友会上，我重新见到了他。没想到，他一扫之前那个失意青年的模样，摇身一变，成为了创业公司的总裁。他的身边，还伴着刚刚结婚的妻子，一位温柔又漂亮的小姐姐。

有人惊奇地问他："你离开的这几年，究竟发生了什么？竟然比以前还要春风得意？"

他不好意思地笑笑："可能一个人倒霉到了极点，就会开始走运吧！"

当初的他，失业加失恋，绝望到了极点。他说，自己经常一个人站在18层高楼的落地窗前，看着下面如蚁的行人，很多次都有一跃而下的冲动。

本来，是想回老家的，可就在临走之前，他看到了汶川地震的新闻。他想：与其这样灰溜溜地回去，还不如做一点有意义的事。于是，他退掉车票，改去四川。

"到了灾区才懂得，什么才是真正的痛苦，什么才是最大的不幸。我的那点失意，和受灾的人们比起来，实在是不值得一提。我再也没有时间矫情了，而是和其他志愿者一起发放物资、救护伤员，每天虽然很累，反倒觉得很充实。

"在那里，我结识了很多新朋友，有几个还和我是同一行业的。当志愿者的时候，我们配合默契，相处融洽。回来以后我突发奇想，为什么不和他们一起，合伙创立一个公司呢？到现在，公司已经运转好几年了，一切都非常顺利。能遇到这样默契的合作伙伴，真的是我三生有幸！”

“那……你和嫂子又是怎么认识的啊？”大伙儿笑嘻嘻地问。

他朝妻子看了一眼，脸忽然红了：“也是在汶川认识的。她是一名护士，非常专业且负责。她救治伤员时专注的样子，实在是太美了……”

“在我最失意的时候，却认识了这么多生命里重要的人。所以，我才说自己特别幸运啊！”

可是在我看来，他能走出低谷获得今天的幸福，不是因为幸运，而是因为善良。人生失意之时，他不是选择处处怨怼，而是把自己变成一粒火种，继续去温暖别人。

他善良，所以遇见一位善良的姑娘，爱情才会心生默契。

他善良，所以结交一群善良的伙伴，事业从此一路通畅。

有很多人，心情稍有烦闷，就对周围的人乱发脾气；遇到些许不顺，就对服务人员百般挑剔；稍稍经历挫折，就变得浑身戾气，对陌生人恶语相加……事后再尽力解释说：“我当时只是心情不好，其实，我还是很有修养的。”

可是，修养好的人，又怎么会因为一时心情不好，就对无辜的人粗暴对待？每当情绪不好，就忘记了底线，这样的人，又怎能称之为真正的善良？

看一个人的修养如何，从来不是去看他春风得意的时刻，而是要在他痛苦失意的时候，看他如何对待别人，是否依然尊重比他的地位更加低下的人。

只有身处低谷，一个人真正的本性，才会拨云见日、水落石出。

4.

伊朗电影《小鞋子》里，妹妹的鞋子不小心被哥哥弄丢了，家境贫困的父母又买不起新鞋，两个孩子只能合穿一双鞋子。

每天，要等哥哥放学以后，她才能穿着哥哥的鞋子去上学。她因此经常迟到，被老师责备。那双男孩子的破运动鞋穿在脚上，她也经常被同学们嘲笑，因而非常自卑。

终于有一天，妹妹发现，自己丢失的那双红色皮鞋，穿在了另一个女孩的脚上。她放学后偷偷跟着对方，想找机会把鞋子要回来。可是她发现，那个女孩的父亲双目失明，家庭看起来比自己还要不幸……最后，她没有把鞋子的秘密说出来，宁愿选择继续和哥哥交替着穿那双破球鞋。

很多时候，善良意味着一种成全。

在顺境的时候乐善好施，固然是一种善良。但在身处困境的时候，还愿意伸出手去帮助别人，才是善良的最高境界。

5.

任何人的一生都不可能一帆风顺，但人与人之间的区别就在于，遇到悲伤失意的时刻，是否仍然愿意坚守内心善良的底线。

柯景腾最终也没有追到沈佳宜，却在她结婚之时大方地奉上红包，然后化身导演九把刀，带着回忆，把这段温柔的青春故事，回报给这个世界。

或许每个人的心里，都藏着一个潘多拉魔盒，真正有修养的人，会紧紧地把负面情绪关在里面，不会让它们到处乱跑，更不会让它们伤人于无形。

罗曼·罗兰说过："生活中只有一种英雄主义，那就是在认清生活的真相之后，仍然选择热爱生活。"或许这才是对待生活该有的态度，才是一个人深到骨子里的修养。

承受过生活的不幸，但仍愿期待幸福；

遭受过别人的背叛，但仍愿相信爱情；

见识过世间的丑恶，但仍愿付出善意；

或许，这才是世上最大的勇敢。

你是我的软肋，亦是我的铠甲

1.

有天下班回家比较早，可站在电梯前面按了许久，电梯门却纹丝不动。仔细一看，旁边贴着一张纸条，用记号笔粗粗地写着两个字："停用"。

我家可住在十楼呀！没办法，我只好一边安慰自己"生命在于运动"，一边拾级而上，艰难地和地心引力做着抗争。

上到八楼，我已经大汗淋漓。猛然抬起头，见到一个穿工作服的女人，坐在楼梯口的台阶上，似在低声哭泣。她把脸埋在臂弯里，背部轻轻地抖动。身后还有一个三四岁的小男孩，身下只垫了一件成年人的厚衣服，正躺在地上熟睡。

我认出，哭泣的女人，正是我们楼里的保洁员王姨。

"王姨，您怎么了？哭得那么伤心。"

王姨见到我，急忙擦了擦眼泪，强忍着挤出一个笑容："下班啦？"

"这是怎么了？是不是遇到了什么难处……孩子睡在地上怎么

行？要不到我家里睡一会儿吧？”

她连忙摆手：“没事的，没事的……他也快睡醒了……”

平时见到王阿姨都是上下班出行的时候，只匆匆打个招呼，从来没有真正聊过天。那天在楼梯间里，王阿姨才和我说起了她的坎坷经历。

两年前，她的丈夫在工地上意外受伤，她只好辞掉工作，一心照顾丈夫。半年之后，她的丈夫还是去世了，家里也失去了最重要的经济支柱。她为了多赚些钱，便带着孩子来这座城市打工，从此和孩子相依为命。

没人能帮她照顾孩子，把孩子一个人留在家里，她又不放心。于是，就只能带着儿子出来干活儿。孩子刚刚四岁，却已经能帮她扫地、倒垃圾、擦楼梯……做着这个年龄段的孩子，本不该做的事。

王姨红着眼眶说：“前段时间，我生病了，躺在床上起不来。这孩子跑前跑后给我端水、送药，肚子饿了，还自己买来热腾腾的馒头……别人的孩子都无忧无虑，可是我这个母亲，实在是太不称职了……”

说着，王姨的眼泪又掉了下来。我望着她身后熟睡的小男孩，鼻子也酸了。

不知道这是第几次，小家伙帮着妈妈一起来干活了，然后躺在楼梯口冰凉的地砖上就睡着了；也不知道这是第几次，王姨独自躲在别人看不见的地方，悄悄地抹去满脸泪水。

我掏出身上带着的一点现金塞给她，她赶忙推辞："不能要，不能要……我现在可以打两份工，以后生活会越来越好的。都是当妈的人了，哪能有那么脆弱！"

推辞间，男孩睡醒了。他露出甜甜的笑容，大声喊："妈妈！"

这声呼唤仿佛咒语一般，让王姨脸上的阴霾一扫而光。她抱起孩子亲了又亲，母子俩相视而笑："走，妈妈下班了，回家给你做点好吃的！"

她看孩子的眼神里，充满着笑意。那么温柔，却又那么坚强。

2.

有一年去外地，正好赶上春运。

火车上摩肩接踵，座无虚席。许多没买到坐票的人，只好站着挤在狭窄的过道里。

在我座位的不远处，一个女人抱着一个两三岁的小女孩，挤在座位上。那位年轻的妈妈很瘦弱，扎着马尾辫；小女孩似乎是第一次坐火车，小手挥舞不停，但始终被妈妈用双手紧紧护住。火车上人声嘈杂，有人讲电话声音太吵，小女孩一下子吓哭了。那位妈妈却很有耐心，不停地低声地哄着，一直到把孩子逗得咯咯笑。

天色渐黑，我因为没买到卧铺票，只能坐在硬硬的座位上，勉强入睡。火车一路颠簸，怎么坐都不舒服，没过一会儿，我就觉得腰酸背痛、浑身僵硬。再加上周围的谈话声、电话声、铁轨的摩擦声交替袭来，我变得心烦意乱，再也睡不着了。

一睁开眼，我就又看见坐在我对面的那对母女。

小女孩已经睡熟，女人把她放在座位上，好让女儿能够平躺。她用一块毛毯把孩子紧紧地包住，她自己却站在座位正前方，用身体挡住孩子，保证她不会滚落下来。她把双手折叠起来，支撑在椅背的顶端，整个身体和椅子形成了一个稳固的三角形，恰好把女儿保护在安全的范围之内。

她显然也困极了，用这个姿势打着盹。即使累了，也只是微微地变换一下姿势，却从来没有忘记守护自己的孩子。

不知过了多久，我又在迷迷糊糊中睡去。第二天早晨醒来，对面的小女孩还在熟睡，而那位年轻的妈妈，依旧保持着昨天晚上的姿势。

我看了看手表，时间已经过去了整整七个小时。我坐在座位上一夜，尚且觉得腰酸背痛，何况她整夜都在保持同一个姿势守护着孩子呢？

我在心底暗暗佩服。那位母亲虽然瘦小，但在这辆人来人往的火车上，她却是孩子最坚稳的依靠。

3.

闺密婚礼当天，我没有直接去酒店，而是先到她的家里陪伴她。

闺密的父母特别高兴，热情招待着客人，不停地忙里忙外。尤其是她的老父亲，喜悦之情溢于言表。之前，我也见过他几面，知道这是一个习惯省吃俭用的老人。可听说，这次为了女儿出嫁，他特意花高价定做了一身红色西装，还去最贵的理发店，理了一个时尚的发型。

闺密说，父亲一个星期前就开始失眠了。常常是深夜还在查看物品清单，把婚礼的各个环节在脑海中预演了一遍又一遍。

新郎率接亲的队伍进了娘家门，大家开始了针对新郎的各种游戏和折腾。说说闹闹、吵吵嚷嚷，一片欢腾，新娘的父母在一旁看着，也吃吃地笑出声。

良辰吉时已到，新郎挽着新娘的手走出家门，后面有浩浩荡荡的人群簇拥着。可当一对新人走过父亲身边时，闺密的父亲却忽然别过脸去，用一双粗糙的大手捂着眼睛，悄悄在满是皱纹的脸上，不停地抹。

闺密瞥见这一幕，再也控制不住了。她再也挪不动脚步，上前抱着父亲的脖子，失声痛哭。

她的父亲一边哭，一边笑着安慰："傻孩子，别哭啦，今天是你大喜的日子……真好啊，真好啊，我的闺女要出嫁啦……我家的小棉袄，从此就被人穿走了……"

婚车里，我陪闺密坐在一起。她的眼泪还是止不住地流，一桩桩一件件，和我细数父亲的恩情：

"五岁那年，我淘气，摇晃着抱起一个开水瓶，眼看就要烫到自己。幸亏父亲手疾眼快，把开水瓶一下夺过去。可开水还是洒了出来，烫得他胸前满是鲜红的燎泡。那一次，父亲在床上躺了半个多月，可我没听见他喊疼，也没见他掉过一滴泪。

"十岁那年，家里生意破产，父亲到工地给人搬砖挣钱。我放学回家的路上，看见他一双脏手顾不得洗，就拿着馒头咸菜狼吞虎咽吃起来。那段时间，我是家里唯一有肉吃的人。我知道父亲的处境很艰难，可是他却没在我面前流露出半点。就是那段最苦的日子里，他也没掉过一滴泪。

"上大学那年，父亲得了一场重病。手术过后，医生说情况堪忧，说父亲今后有可能要插着管子生活，从此生活不能自理了。父亲听后，一身倔脾气又犯了，不顾医生的劝阻，硬是自己拔掉了管子，开始扶着墙练习走路……一个月后，他出院了，恢复得出奇地好，没落下一点后遗症。难以想象，他当时是忍受了怎样的疼痛。可就是这样，他也没有掉过一滴泪。”

闺密抽噎着：“他在我面前，从来没有哭过。今天还是头一次，见他哭得那么伤心……”

是啊，你以为最坚强的那个人，可以忍住身体的疼痛，可以承受生活的打击，可以在困难袭来的时候，用肩膀为你遮风挡雨。

只是，他能够用坚强来对抗这世界上的所有磨难，却只能在某一天，用眼泪目送最心爱的孩子远去。

4.

有一年除夕，天气异常地冷。那天刚刚下过一场雪，天色灰暗，寒意肃杀。

我从超市出来，提着一堆年货，路过城市的中心广场。正值春节期间，广场上加强了守卫。

几个战士正在站岗，脸颊虽然冻得通红，却仍旧站得笔挺，绿色的军装在一片苍灰的映衬之中，格外显眼。

我穿过广场，正要离去，突然听到不远处有个战士喊了一句：“爸、妈，你们怎么来了？”

我循着声音望去，两个步履蹒跚的老人，背微驼着，身穿厚厚的羽绒服，脸颊同样是冻得通红。他们似乎正想离开，听见战士的喊声，便停下了脚步，站在离战士不远的地方。

战士的父亲说："我和你妈今天就回老家了，还是有些放心不下，就再过来看看你……本想远远看一眼就走，没想到让你小子发现了……"

旁边的母亲也开口了："你第一次不在家过年，我和你爸还真有些不适应……娃，一个人在这儿要吃饱点……天冷，记得添衣服……"

战士的声音有些哽咽："爸妈，我正在站岗……没办法送你们了……"

老父亲颤抖着声音说："知道，知道……看你一眼我们就放心了。家里一切都好，你不要惦记……在部队要好好站岗，好好表现……"

老母亲用几乎冻僵的双手，不停地擦着眼泪："真是出息了……我儿子出息了……"

看着老人相互搀扶着蹒跚而去的背影，年轻的战士再也控制不住了，两行泪水滑过通红的面颊，却因为站岗，无法用双手去擦。

万家灯火，总有人要负重前行。千万家庭享受团聚的时候，有些人却不得不离开亲人，只为筑起一道铜墙铁壁。

可就算再坚硬的铁血丹心，内心深处也总有一处最柔软的角落。一旦触碰，泪水便会决堤。

5.

人这一生中，有多少心酸的眼泪，需要别过脸自己去擦；有多少难熬的时光，需要转过身独自去扛；又有多少艰难的时刻，要在强装的笑容背后，暗自默默地咬紧牙。

但是，纵然再难，也要对我们的亲人，露出最真诚的笑脸。只因为，你是我心中最在乎的那个痛点，也是赐予我勇气的最大来源。

当一个人有了挚爱的亲人，便在命运的手中有了人质。纵使命运以痛吻我，我却仍要报之以歌。即便被步步紧逼，挤到最狭小的角落，我却仍然不能缴械投降。因为还有亲人，所以不允许放弃——哪怕我已手无寸铁，也要死守阵地，顽强抵抗。

是你，是你们，让我变得柔软，也让我变得坚强。

是你，是你们，让我有所羁绊，更让我勇往直前。

那些最亲的人，是软肋，亦是铠甲，是黑暗中，支撑我们走出去的那道光。

有了你，我可以变成一汪水，直触心底最深的柔软；有了你，我也可以化作一把剑，穷尽此生，勇往直前。

把时间和精力花费在不值得的人身上，连一分一秒都是巨大的浪费。

很多时候，一个人的实力，是以对手的段位进行衡量的。

不管外面的世界多么精彩，都要记得，自己才永远是人生的主角。

Chapter 3

愿你善良 但不受伤

既然爱，又何必舍近求远

1.

电视里，正在播一档情感节目。男女主人公相对而立，男孩表情严肃，女孩泪水涟涟。

当着许多观众的面，男孩对女孩大声吼着："你既然爱我，就应该支持我，放手让我去追求自己的理想！"

女孩含着眼泪央求男人："我并非不支持你做公益，可是……一定要是现在吗？"

男孩出身农村，高中毕业后来到这座城市上大学，工作以后便留在了这里，后来又和女孩相恋。女孩是家中独女，看中男孩的踏实诚恳。不久前两人刚刚结了婚，原本该是甜蜜幸福的一对儿。

可是男孩的心中一直有一个梦想——回到家乡支教，报答大山对他的养育之恩。但还处在蜜月期的女孩，自然对他依依不舍。女孩是想要说服他，推迟前去支教计划。

节目现场的观众意见不一。有的人同情女孩，说新婚时光是女人一生中最幸福最甜蜜的日子，为何一定要让她忍受痛苦的分别？

更多的人站在男孩的立场，觉得女孩应该支持丈夫的善举，帮助他圆梦。更有甚者，试图说服她和男孩一起去支教——两年的时间也不是很长，说不定，还可以成为两人共同回忆中最独特的部分。

男人听了有些得意，对女孩更加冷若冰霜："听到了吗？那么多人支持我，为何只有你最自私？早知道你是心胸狭隘的女人，才不会娶你做我的妻子！"

女孩无言以对。

突然，她蹲在地上，埋头放声大哭起来。声音回荡在演播室的上空，透着一股绝望和哀戚。

"可是……我已经怀孕三个多月了……"她纤瘦的身躯随着哭声颤抖，声音也早已经走了样。

在场的观众和嘉宾们全都吓了一跳，一时之间不知说什么好。他们没有想到，女孩极力阻挠男人离开自己，背后竟然另有隐情。

"既然如此，你就应该早点和他说明啊。这么大的事情，何苦瞒着他呢？"一位女嘉宾安慰女孩，语气充满怜惜。

女孩蹲在舞台中央，哭得更加绝望了："他……是知道的啊！"

在场的人再一次愣住了，简直不敢相信自己的耳朵。

眼前这个男人，竟能抛下刚怀孕的妻子，一心去山水迢迢的地方支教？并且，这一走就是几年，他真能放心得下爱人和孩子？他口口声声说自己做的一切都是为了爱，此刻，这理由更让人有些哭笑不得。

“现在最需要你去爱的人，不是山区的孩子，而是她和宝宝。先把家人照顾好，再去帮助其他人吧！”

“既然你一心想去支教，为何又非要和她结婚呢？你难道不觉得自己这样做，是不负责任的行为吗？”

面对众人的劝说，男人却表现得十分坚决：“大丈夫做事身不由己，本来就应该有所舍弃。先成家，才能让我没有后顾之忧，这样才能全心全意地去做公益。”

“等我生下宝宝，咱们再商量去支教的事情，不行吗？”女生的语气几近哀求。

男人被她的话点燃了，瞬间勃然大怒，语气如雷：“我去支教，是最大的善举。我还以为你是一个心地善良的女孩，却没想到如此自私狭隘！我所思所想的，都是那些有困难、需要帮助的人。可你心里只有自己！”

他越说越生气，越说越激动，最后干脆拂袖而去，只留下女孩在原地泣不成声。

男人的做法，让我倒吸一口凉气。

这真应了王菲唱的那首歌："你英雄好汉需要抱负，可你欠我幸福，拿什么来弥补？难道爱比恨更难宽恕？"

他最想做的，不是你的伴侣，而是拯救世界的英雄。做他的妻子，你就要做好牺牲一切的准备，不可以有半点相左的意见。如若不然，你就成了自私、成了狭隘，他就会把你视作全世界的公敌。

他想做太阳照亮所有人，却唯独不介意你在阴影中哭泣。他想做博爱的神祇，羽化成仙，同时要求你隔绝六欲，斩断尘缘。

可惜你我，不过只是人间过客，凡夫一个。遇到这样的男人，还是略施一礼，擦肩而过即可。

2.

一天，去一位好友家做客。我们正在客厅里交谈，她母亲走过来和我们打招呼，一切都很自然。

聊了几句后，朋友的母亲随口问她："昨天你们出去聚会，玩得怎么样？"

朋友瞥了母亲一眼，用不耐烦的语气回答："聚会不就是唱唱歌、吃吃饭吗？能玩得怎么样？你问这个问题，有意义吗？"

我有些惊讶地看着她，老人的笑容也一下子僵住了，表情非常尴尬。

为了缓和气氛，朋友的母亲又故意转移话题：“对了，昨天看电视购物的按摩仪很是划算，我就帮你订了一个。你经常坐办公室，颈椎不好，一会儿试试看，用起来舒不舒服……”

没等老人说完，朋友却“腾”地一下子站了起来，伸手指着柜子说：“就知道买买买，家里已经有多少东西了？你就这么轻信广告？告诉过你多少回了，不要乱买东西，究竟要说多少次你才听？”

最后，她没好气地说：“东西退回去，我才不要这种玩意儿！你净爱贪便宜，能买到什么好货！”

我睁大眼睛，惊讶地看着她，仿佛在看一个陌生人。

老人家一直低着头，不再说话，沉默了一小会儿，便转身进了里屋。直到我离开，老人再也没有出来过。

几分钟后，朋友的气色恢复如常，又开始和我聊起天，语气也重新柔软了下来。

我的这位朋友，平时出了名的亲切得体，待人一向温和谦逊。无论什么时候碰面，她都会微笑着打招呼。哪怕是再不喜欢的人，也能够做到以礼相待。可是，她的母亲不过是关心自己几句，为何就要动怒呢？

我直言不讳地问："以我对你多年的了解，你绝对不是那种虚情假意的人，故意在家人和外人面前，做出两种不同的姿态。可是刚才，你的态度是不是有些过分呢？"

她明白我在说什么，低头向我坦言："我也不知道为什么，如果和陌生人在一起，哪怕心里再生气，也能够忍耐克制。唯独面对母亲，我却没有一丁点儿耐心，经常情绪失控。

"有时只是一句很平常的话，但只要是从母亲的口中说出，我的怒火就像汽油遇到火星一般，瞬间爆发成巨大的蘑菇云。事后我也经常后悔，但下一次还是无法控制，忍不住再冲她发火。

"也许是因为她是最亲的人，所以在她面前没有任何伪装和防备吧！"

我们总是对陌生人彬彬有礼，却在亲人面前，将最丑陋的本性展露无疑。事后却还振振有词："因为你是我最亲近的人，我才会这样坦诚相待啊！"

如果直言不讳就等于口无遮拦，如果坦率真诚就代表横冲直撞，那么我宁可不要这样的"优待"。

越是爱我们的人，就越会在意我们的一颦一笑、一言一语。因为爱，他们才会主动卸下厚重的躯壳，在我们面前成了毫无防备的软体动物。可我们自以为是的"坦率"，却像一把把飞刀，不偏不倚，直中命脉，狠狠地刺进他们最柔软的心窝，全然不顾他们早已鲜血淋漓。

不把外人当家人，最多是一种世故。

不把家人当敌人，才是真正的成熟。

3.

在一次世界级的重大比赛上，一位很有希望夺冠的种子选手在赛前不慎受伤，但他依旧咬牙坚持，照常进入赛场，认真地做准备活动。

可是无奈，他当天的状态实在太差了。就在正式比赛前，这位运动员突发心脏不适，在教练的极力劝说下，只好遗憾地放弃比赛。

脸色苍白的他，面对镜头向所有人道歉："真的对不起大家，没能为国家再多赢一枚奖牌。但我真的拼尽全力了，退出比赛实属无奈。谢谢大家的支持，我一定好好养伤，下次比赛再拼回来！"

可是对于他的道歉，很多人并不买账。许多人跑到他的微博下面，进行各种谩骂：

"枉我对你拿金牌如此期待，熬夜倒时差看你比赛，真是太让人失望了！"

"一点小伤就退出，连这点毅力都没有，还配当运动员吗？体育精神哪去了？"

“真给国家丢脸，丢人丢到国外！有种你就别回国了！”

甚至有人跑到他家门前吐口水、倒垃圾，给他寄刀片和绳索，对他进行各种人身威胁。

有趣的是，几个月之后，一位原本要来中国参加友谊赛的篮球明星，也因为赛前的伤病不能成行。但是这一次，粉丝们的态度却截然不同。

他们在贴吧里纷纷留言：

“不能现场看你比赛，真是遗憾。不过来日方长，你一定要好好养伤！”

“留得青山在，不怕没柴烧。和比赛相比，当然是身体更重要。好好养伤，期待你更好的表现！”

“千万不要觉得遗憾，我们永远欢迎你！”

有朋自远方来，不亦乐乎。这自然是一种美德。但只有来自远方的客人，才值得我们去珍惜吗？

记得一位哲学家曾说过：**“人们总是对陌生人很宽容，对身边人很苛刻。如果反过来，则天下太平。”**

那些真正为国家、为小家实实在在付出的人，恰恰就在我们周围。他们的日复一日和默默无闻，才更需要我们的将心比心。

4.

曾经以为，自己是天上的太阳光芒万丈，可以把每一个黑暗的角落照亮。后来发现，自己不过是盏油灯影影绰绰，微弱的烛火，只在咫尺之间闪烁。

最可悲的是，在最靠近油灯的那一侧，总会有那么一块区域，永久地处在黑暗的阴影里。它离光源最近，却无法被感知。当所有人秉烛高歌，只有它，独自承受着孤寂和失落。

阴影里住着的，便是我们最亲的人。

大爱无疆，惠及天下，本是无可厚非。可别忘了那些离我们最近的人，也是天下的一部分。

既然都是爱，又何必非要舍近求远，冰火两重天？

赠人玫瑰，手有余香。可也别忘记，留下其中的一枝，送给我们生命中最重要的那个人。

竟是这个人，伤害我最深

1.

几个闺密一起去拍写真集。

挑选照片收入相册时，大家很是兴奋。“这张照得挺漂亮”“那张拍得很有趣”，叽叽喳喳一下午，时间很快过去了。

最后，要选择一张所有人的合影，放进相册里珍藏。姐妹们一致选中了穿旗袍装的那一张，每个人都身姿婀娜，妩媚的笑靥也和服装一样鲜艳。

可是，只有她摇摇头：“你们身材都好，穿旗袍好看。你看我这张，完全没有曲线，放进合集里面多丢人啊！”

“大家身材都差不多……没有哪里不好啊。”另一个女孩注视着照片说。

“要不选这张吧，学生装的，很有朝气！”朋友指向了另外一张照片。

“不行不行，我笑得太奇怪了！脸都走形了！”

朋友皱了皱眉。有人又翻到了另外一张："这张街景呢？是摄影师随手抓拍的，大家都非常自然！"

那是一张街拍的照片，每个女孩如往常一样逛街聊天。夕阳的光影洒在她们身上，定格下了青春最本来的样子。

"不好不好！你看我站在最前面，更显得胖了……脚步迈开的姿势也不好，显得腿短……"

"可是，总要有一张合影不是吗？"其中一个朋友，明显有些不满。

"不如这样吧，你自己来选，觉得哪张最好，咱们就放哪一张。"

她把所有照片从头翻到尾，一遍又一遍。可所有的合影里，竟没有一张能够令她完全满意的。

一个多小时过去了，挑来挑去，她终于指着一张照片，勉为其难地说："我没有一张照得好看……只有这张还勉强过关。"

朋友们凑过去一看，那是一张远景。画面中的人物很小，姑娘们都站在离镜头很远的地方，每个人都只露出了一个侧影。

"我们选一张更清楚的照片留作纪念，不好吗？"

"可是，我又胖，腿又粗，又没有你们漂亮……其他照片，把我的缺点全都暴露了。"

其他女孩不再说话了，依她的心愿选定了那一张，然后各自道别。

她刚离开，就听到两个朋友的对话：

"她这个人好麻烦。下次拍照，再也不和她一起了。"

“就是啊，既然对自己这么不满意，为什么还要来拍写真集？”

她听了，黯然伤心。觉得自尊心受到了伤害。

其实，她并没有丑到哪里去。

不过，她对自己过于挑剔，甚至有些矫情的样子，真的不太美。

2.

曾经看过一则国外的公益广告。

剧中的导演，给了一个女孩一个精致的笔记本，让她在一天之中，把所有萌生出的关于自己的想法，都如实地记录下来。

几天以后，导演拿回了笔记，并以上面的内容作为台词，请两位女演员表演出来。其中一个，负责说出这些台词；而另一个，则只需要听。

拍摄的地点选在了咖啡厅。背台词的时候，女演员找到导演：“我必须对她说出这些台词吗？还要说得那么大声？”

导演耸耸肩：“这些台词都是真实的，也是演出的需要。”

写日记的女孩也被请来，坐在一旁观看。但她并不知道演出的内容，显得一脸茫然。

两个演员开始了对白：

是个女人就是美的。可你看看你！又胖又普通，还长得那么黑，简直像一只老鼠！

看你的两颗虎牙，笑起来太丑了，还是闭上你的嘴吧！

你的胸那么小，腿也那么短！根本就不是正常人有的比例！

你的脸看起来像一只斗牛犬，法令纹都快掉到脖子了！

我看你还是站直点吧，大肚腩已经垂到膝盖了，孕妇都没你这么胖过！

……

另一位演员只是安静地听着，并不反驳。但她的表情，已经从微笑变成了严肃，最后眉头紧蹙。

咖啡厅里的其他顾客听不下去了，终于打断了她们的对话："对不起打断你，但是……你不觉得这样对她说话很残忍吗？""你不应该对一个女孩这样说话，这简直就是语言暴力！"

写日记的女孩坐在一旁，惊讶极了。她的脸上已经充满了泪水，再也看不下去了。

她鼓起勇气走上前去，对众人说："事实上，她说的话，全都来自我的日记。这些刻薄残忍的话，每一句都是我曾经对自己说过的。"

所有人看着她，露出惊讶的神情。

"如果不是观看这次演出，我竟然不知道，原来我每天都对自己如此残忍。我想，我需要多一些爱，多一些赞美。尤其是对我自己。"

每一个人都为她鼓掌。在那一刻，她的笑容有种前所未有的美。

原来每一天，我们都生活在自己的语言暴力中却不自知；原来每一天，我们都在忍受着，来源于自己的深深恶意。

我们对待别人礼貌友善，却把那些最恶毒的话语，留给了自己。

我永远也不希望你会受到这样的伤害。即使是你自己，也不行。

3.

台湾艺人陶晶莹曾经在演讲中说过这样一件事：

刚出道的时候，公司请了一位很权威的摄影师帮她拍宣传照。

那位摄影师带她拍外景，让她不停地转圈圈。她很认真地转了一圈又一圈，转得头都晕了。没想到摄影师把相机一放，说："怎么转都这么丑！丑死了，怎么拍啊？"

唱片公司的老板也当着她的面说："你的脸没有重点，让我们怎么宣传？"就连她的妈妈都常常说："我这么漂亮，怎么会生出这样的女儿？"看到她上节目的时候说："这么丑也能上电视？"

当时的娱乐圈，对于美貌有自己的标准。但她恰恰就在这个标准之外，为此遭受了不少打击。她也想过去整形，但看到那些整形失败的新闻，心里就充满恐惧。她问自己，为了整形成别人喜欢的样子，而冒着失去生命的代价，这样真的值得吗？

她想了很久，终于想通了一件事：要学着很爱很爱自己的脸。

因为这是自己真正的专属，是上天赐予我们最有辨识度的东西。美丽，是一件很主观的事情。谁说大眼睛、锥子脸才叫美女？

多年以后，很多和陶晶莹同时代出道的女明星，都因为容貌凋零而备受嘲笑。但她的容貌变化并不大，或者说，人们关注她并不是因为她的容貌，而是因为她的自信、幽默与个性。

女生本就敏感又容易受伤，更没有必要处处对自己苛求。**多拓展人生经验，多看一看这个世界，开阔的心胸终会幻化成不一样的气质，沉淀出属于自己的一番韵味。**

4.

张爱玲是民国时期的传奇女作家，她出身显贵之家，文字透着一股高傲与执拗，为人也是不拘世俗，冷艳孤绝。

可是在和胡兰成的爱情里，她却一改自己的性格，从高傲的自信，变成了妥协与迁就。

张爱玲23岁的时候，已经是上海滩炙手可热的女作家。第二年，她就遇到了命中的劫难人物——胡兰成。初次见面的第二天，她就托人给胡兰成送了一张照片，在照片背后题上一句话："见了他，她变得很低很低，低到尘埃里。但她心里是欢喜的，从尘埃里开出花来。"

这句话里，他，当然指胡兰成；她，就是张爱玲自己。

后来，胡兰成与张爱玲结婚。他们没有举行仪式，只写婚书为定："胡兰成张爱玲签订终身，结为夫妻，愿使岁月静好，现世安稳。"后来，婚书里的誓言变成了极大的讽刺，因为胡兰成风流成性，甚至没有给过张爱玲一时一刻的安稳。

胡兰成先是用张爱玲的钱包养年轻的护士小周，后来又勾搭上了一个叫作范秀美的女人，甚至在范秀美怀孕之后，伸手找张爱玲要打胎费。而高傲的张爱玲，却真的在胡兰成的面前低进了尘埃里。她一次又一次地拿出自己的钱帮他善后，心里的热情和希望却一次又一次地被打碎。

胡兰成不曾为张爱玲花过什么钱，只给她买过一件大衣，张爱玲还当作宝贝一样。而胡兰成在离开武汉时，却把所有的积蓄都留给了情人小周。她寻到温州去看望胡兰成，对方却带着新欢和她见面，在她面前丝毫不掩饰亲热之态。

终于，她下定决心，给胡兰成写了一封诀别信："我已经不喜欢你了，你是早已经不喜欢我的了。这次的决心，是我经过一年半长时间考虑的。彼惟时以小吉故，不欲增加你的困难。你不要来寻我，即或写信来，我亦是不看的了。”

而信里，还附上了给胡兰成的 30 万元。

在和胡兰成的这段关系中，张爱玲受尽委屈，尊严全无，低到尘埃，还要强迫自己大度地微笑，开出花来。因为不自信，这位旷世才女一直把自己放在卑微的位置，没有成长，没有独立，所以落得被欺骗被伤害的凄惨结局。

很多女孩遇到爱情的时候，常常把“低到尘埃里”挂在嘴边，好像是在诉说一种浪漫。可是却不知道，**丢失了自信与尊严的爱情，在别人看来不过是自轻自贱，换来的只有不屑与轻视。**

5.

自卑，让我们变成了一只可笑的刺猬。心里越是软弱，就越是要装作高冷的样子，直到遇见一个心仪的人，一下子便溃不成军。

白璧纵使微瑕，并不会因此而遭埋没；玻璃再过通透，也只能被镶嵌在窗户里。

你当自己是一块顽石，可也许在别人眼里，就偏偏是一块美玉。而你，又何必那么急着否定自己？

宽容别人，往往容易。真正难的，是放过自己。

我们是自己最亲密无间的人，可有时却太残忍待己，连一句赞美，都舍不得给予。

曾经以为，是别人伤害了我们，却不想对自己最残忍的那个人，终究是自己。

不是所有的“对不起”，都能换来“没关系”

1.

一所寄宿高中里，一位女生丢了饭卡，一口咬定，是被另一个女生拿走了。

“我把饭卡忘在了水房，然后就找不到了。有人看见我走之后，她就进了水房。不是她拿的，还能有谁？”

“更何况，她家里这么穷，平时连吃饭的钱都没有。若是她捡到了饭卡，还不是马上据为己有了？”

另一个女生急得快哭了：“我是进过水房，可根本没有看见饭卡。会不会是被其他人捡走了？”

可是，丢饭卡的女生不依不饶，坚决说是被对方拿走了。

当着众人的面，失主没好气地奚落：“偷了就是偷了，还不敢承认？谁不知道你家穷，偷偷摸摸算什么本事？”

她百口莫辩，对方干脆进了她的寝室，翻她的衣柜，搜她的背包，所有东西都被翻了个底朝天，饭卡却也没有找到。

自此，那个女生逢人便说她是小偷，四处中伤，说些非常难听的话。

不知是有意还是无意，很多同学都渐渐冷落了她。她越来越孤独，越来越无助，甚至整整一个月，也听不到她开口说一句话。

临近毕业，学校要保送优秀的学生进入名牌大学，并且会奖励一笔不菲的奖学金。她虽然家贫，但一向成绩优秀，经过层层筛选，她终于获得了保送的资格。

可就在公示期里，丢饭卡的女生却找到了校长，说那位贫困的女孩品行有问题，是偷东西的小偷，千万不能代表学校被推荐出去。

为了避嫌，保送的资格落到了别人头上。那位贫困的女孩也因为这件事，最终影响了高考的发挥，只考上了一所普通的大学。

就在毕业前，所有人都在宿舍里收拾东西准备离开。丢饭卡的女生这才发现，自己柜子最内层的角落里，竟赫然躺着那张丢失的饭卡。

她把饭卡拿到贫困女生的面前，轻描淡写地说了一句："对不起呀，错怪你了。"

而那个贫困的女孩却再也忍不住，发疯似的大哭，大声地喊叫、质问，最后一个人跑了出去，在操场上抱头痛哭。

丢饭卡的女生耸耸肩，对其他人说：“我都道歉了，至于吗？她可真是小心眼儿。”

可没人知道，因为贫穷，她的家人早就想让她辍学，出去打工赚钱。她和家人信誓旦旦地保证，自己一定会拿到奖学金，获得保送资格，一定不再因为读书给家里增加负担。

可是现在，没了那笔奖学金，她已然面临失学的窘境。

一个女孩的前途，或许就会因此而改写。

2.

有位姑娘相貌出众，能力很强。大学毕业，就进入一家竞争激烈的大公司。很快，她就在新人之中脱颖而出，得到上司的提拔。

可是一时间，谣言四起。有人说她在学校时就作风不正，有人说她是勾搭了上司，才成功上位。更有人绘声绘色地说：有次下班后，看见她从部门主管的办公室出来，满面绯红。

各种版本，添油加醋，有板有眼，以讹传讹。

有人打小报告，背地里把这些事情告诉了大老板。部门主管为了躲避闲言碎语，只得把她调离，委派到一个最边缘的岗位。

从此，她无论再怎么努力，也都得不到重用，工资也比以前减少了许多。更有好事者，把谣言传到了她的未婚夫那里，两个人因此争吵不断，最后不欢而散。

很长一段时间后，一位女同事辞职，大家聚餐欢送。

席间，那位同事喝到微醺，举着酒杯，走过来对她说："当初我们一起进公司，因为你升职太快，我就编出了你和主管的段子……没想到传来传去，大家还真信了。你别在意，我跟你道歉。"

女孩看着她，泪眼婆娑。

半晌，她轻声说："不必了，我不会原谅你的！"说完，就拎起自己的包走了。

那位同事转向其他人："你们都看见了吧？我都已经道歉了，她还想怎样呢？"

没人知道，她的父亲在得知她接连降职、分手之后，急得脑溢血发作，更因她的薪水骤降，根本支付不起价格高昂的进口药，至今她的父亲还留有严重的后遗症：思维不清、说话含糊，走路稍有不慎就会摔倒……

在别人看来，自己都已经道歉了，你怎么还是不原谅？难道就不能大度一点吗？

可是，只用这样一句简单的道歉，真的就能抵消掉曾经带来的

所有伤害吗？

3.

曾经看过一个真人秀节目。

舞台上，一个女孩在舞台上帮姐姐加油。就在这时，两个老人走上台来，说自己是女孩的亲生父母，要与她相认。

节目组说："这是我们给你准备的一个'惊喜'。"

女孩确实很震惊，可却丝毫没有欣喜之意。

她自幼就被父母抛弃，吃尽了无数的苦。亲生父母就和她住在同一个镇子上，二十多年来，却从未看过她一眼。如今她长大成人，学业有成，亲生父母却突然出现，几次想要与她相认，都被她拒绝了。这次，竟然又追到了电视台。

亲生父母问她："我们都道歉了，你还想怎样？女儿认自己的爸妈，难道不是天经地义的吗？"

节目主持人也当场大声质问她："一个连亲生父母都不认的人，让你的孩子该如何面对你？难道你希望自己的孩子，在电视节目里看到自己的妈妈有多么冷漠吗？"

可是女孩，仍然不为所动，拒绝与他们相认。她流着眼泪，却语气坚决："他们除了生下我，并没有对我担负任何的责任。我这辈子，只认我的养父母。”

节目没有达到预期的感人效果，主持人有些怒不可遏：“你太自私了，像你这么狭隘的女人，永远都不会幸福的！”

女孩什么都没有说，放下话筒，转身走下了舞台。

有些伤害，真的无法因为一句抱歉，就可以轻易释怀。

纵然心里不再去恨，可也真的做不到毫无芥蒂，把自己假装成若无其事的样子。

4.

电视新闻里，一位长期受到家暴的女人，因为不堪忍受丈夫的毒打，最终跳河自杀。

出事现场，有位年老的妇女，抱着已经被河水冲泡得面目全非的女人，失声痛哭：“女儿，是妈妈害了你呀……”

原来，男人每每喝得酩酊大醉，就借机对女人一顿毒打。可第二天清醒以后，就会和她承认错误，甚至不惜放下男人的尊严，跪在地上请求原谅。女人一开始被他打动，一次次地谅解。可是男人却变本加厉，一次比一次打得更狠毒、更频繁。

直到有一次，女人被打到颅底出血，胸骨断裂，在医院里住了几个月，勉强捡回一条命。伤势痊愈以后，女人逃回娘家，坚决要离婚。

她的母亲却在一旁苦苦相劝：“他不是已经道歉了吗？这次他也吓坏了，保证不会再打你了。”“一日夫妻百日恩，得饶人处且饶人，再给他一次机会吧……”“就算是为了孩子，你就忍一忍，原谅他吧！”

女子硬着头皮回去了。等着她的，却是一顿更加凶狠的毒打。最终，她选择了在河边纵身一跃，离开了这个绝望的世界。

并不是所有的忍耐，都能换来风平浪静；更不是所有的重逢，都能做到一笑泯恩仇。

有些人，轻易劝你说出“原谅”两个字，只因为他们并未体验过你的痛彻心扉，也不曾感受过你的撕心裂肺。

原谅无知，是一种宽容。

原谅无耻，却是一种纵容。

5.

网络上，有人总结了一套“中国式宽容”的常用词：大过年的、来都来了、都不容易、还是孩子、岁数大了、为了你好、习惯就好……似乎这些词语一出现，你就应该马上原谅对方，无论对方的行为对你造成了多么大的影响。否则，就是小肚鸡肠，就是小心眼儿、爱记仇，就是不够宽容、不够大度。

可是那些道歉，真的有足够的诚意吗？

《狼图腾》里有一位北京知青，他养的小狼咬到了一个孩子。孩子的妈妈极为愤怒、几近崩溃，而在那个年代，狂犬疫苗是极为稀缺的。

知青当即骑马飞奔一天一夜，找到最近的医院，向医生要狂犬疫苗。医生不肯给，他就用尽各种办法，苦口婆心地求，甚至不惜用数十条上好的狼皮，去换取一小瓶的狂犬疫苗。

道歉其实分两种：有的只停留在口头，有的却早已蕴含在实际的行动里。

有些伤害过你的人，表面上说了一句“对不起”，但其实他们更想听到的，是你回答的那句“没关系”。

比起你的原谅，他们更希望获得一种心理上的自我安慰：“道过歉，我就没有责任了。不原谅，那是因为你太小气了。”

6.

电影《亲爱的》里，黄渤对人贩子的妻子说：“我顶多能做到不恨你，这到头了。”

他的孩子，很小的时候就被人贩子拐走，亲生父母历经数年、曲折找寻。从希望到失望，再从失望到绝望，最后哪怕强撑着，也要再次燃起一线希望，继续找下去。如此往复的生活，让全家人再也没有安宁之日。

一个个幼小的孩子，与骨肉相连的父母硬生生分离，等待他们的，是前途未卜的命运。很可能，他们今生今世再也见不到自己的亲生父母；又有多少家庭，就这样被突如其来的变故拆散？

很多伤害，并不是一句“对不起”就可以弥补的。

对就是对，错就是错，黑就是黑，白就是白。

宽容固然是一种美德，但毫无底线的宽容，就变成了对自己的一种背叛。

有人问孔子：“别人伤害了我，我是不是应该以德报怨？”

孔子反问：“以德报怨，又以何报德呢？”

不是所有的“对不起”，都能换来“没关系”。就算再慈悲的佛，也有金刚一怒。

不记恨、不报复，已然是一种最大的善。而将受到过的伤害轻易地遗忘，只能是一种自欺欺人的愚蠢。面对伤害，原谅是一种权利，却并不是必须履行的义务。没有人能够替你决定，更没有人能代你做出选择。

请不要让善良变得廉价，也不要让宽容演变成永无止境的纵容。

爱他，就不要把他拿出来“拼”

1.

再一次见到贺贺，是在地铁上。我和她打招呼，她却风尘仆仆，神色也有些凝重。

据她说，自己正要去参加一场招聘会。聊了几句之后，她嘟着嘴抱怨：“想找个好点儿的工作，真是难啊！”

炎炎夏日里，白天她人山人海地挤招聘会；晚上回去，还要不知疲惫地在网上投简历。每场面试都要精心准备，可是好工作总是僧多粥少，很多公司在投过简历之后就石沉大海，再也没有回音了。

提起同宿舍的一个女孩，贺贺更是满脸写着不平：“就因为她父亲是一家大公司的高管，她就可以直接进去实习。后来，那个女生说自己‘还不想进入社会’，她父亲就马上联系好学校，准备送她出国留学。现在，她每天只管在宿舍里吃吃喝喝，我却不得不挤招聘会汗流浃背。”

“能怪谁呢？只能怪自己，生来没有一个好爸爸啊！”

听了她的话，我的心底，忽然涌起一阵酸楚。

贺贺是我从小玩到大的邻居，以前就住在我家楼下。在我看来，她的父亲，完全是一个负责任的好爸爸。

她的父亲，我叫他张叔，是一位公交车司机。他工资不高，工作辛苦，整天开着车，在这座城市里奔波。但他只要在家休息，就会变着花样哄女儿开心。他的手艺媲美大厨，贺贺的口福常常让我羡慕不已。

尽管张叔的收入不高，但他会在女儿生日时买来价格不菲的礼物；会在平时省吃俭用，为女儿报名夏令营、特长班；会在休假时带着女儿到各地旅行，让自己的孩子多见世面。

一天晚上，张叔急匆匆地敲我家的门，找我爸爸借车。原来，贺贺突发急性阑尾炎，要马上送去医院。爸爸二话没说，马上起来，开车把他们送过去。后来听说，贺贺住院的那些天，张叔一直守着她，很少合眼，人都瘦了好几圈。

……

一位慈祥和蔼的父亲，却因为没能给女儿安排一份轻松体面的工作，就遭到了抱怨。

不知从何时起，流行起了“拼爹”这个词。

某人的父亲是银行行长，于是她毕业之后直接进入金融行业，手里掌握着庞大的客户资源；某人的爸爸是企业管理层，于是他毕业以后进入了那家公司，连部门经理也要敬畏三分；某人的父亲是大学教授，于是他在本科时就发表过多篇论文，然后毫不费力地成为了那所名校的研究生。

有这样一个父亲，当然不错。但是，做到了这些，真的就能算作一个好父亲了吗？

2.

曾经看过一则公益广告：一个女孩和同学一起放学回家，同学们在讨论的，是当下最流行的手机。

一个同学对女孩说："你的手机都用了一年多了，赶快让你爸给你换一个吧。你爸不是挺有钱的吗？"

女孩愣了一下，并没有解释。

走到街的拐角，突然，女孩手中的一个矿泉水瓶掉落了。不远处的一个清洁工，弯腰把塑料瓶拾了起来。

就在清洁工抬头的那一刹那，小女孩和清洁工同时愣住了。清洁工的脸上露出了一丝欣喜的微笑，刚要说话，女孩的眼睛却惊慌地望向了自己的同学。

清洁工停顿了一下，和蔼地问：“小朋友，你的瓶子，你还要吗？”

没等小女孩作声，旁边的同学便不耐烦地递给清洁工一个空瓶子：“我的这个不要了，你拿走吧。”

说罢，就拉着女孩离开了。

女孩跟随着同学的脚步，慢慢向前挪动。伙伴们继续讨论游戏的话题，可是她却再也听不进去。

她不时地回头望向那位清洁工，而清洁工也正朝她的方向看来。他冲她微笑了一下，然后把食指竖着放在唇边，示意她不要声张，便接着低头扫地了。

此时的女孩，眼中早已经充满泪水。

终于，她再也忍不住，大声喊了一句：“爸！”然后迫不及待地大步向回奔跑，扑进了那位清洁工的怀里。

父亲一手扶着扫帚，另一只手却不敢去抱女儿：“爸爸身上脏，有灰……”

而女儿却带着泪水和微笑，紧紧地将父亲抱住，好像拥抱着整个世界。

或许，有一个做清洁工的父亲，曾经让这个女孩感到自卑；但当她叫出“爸”的那一刻，她就是世界上最自信、最幸福的人——因为她有一位爱她的父亲。

这份爱，无关乎金钱，无关乎地位，只关乎温暖与勇气。

也是这份爱，给了我们勇敢面对自卑的勇气，在人生的路上，照亮我们前行。

3.

有天出去逛街，在商场里听到一阵大声的吵嚷。

循声望去，只见一位父亲站在卖手机的柜台前，温和地对女儿劝说："你要的那个品牌的新款手机太贵了，比我一个月的工资还要多……我看这款国产手机质量也不错。等你以后自己赚钱了，再换个高档的吧……"

女孩没等父亲把话说完，就粗暴地打断："你是存心的吧？要让所有人都笑话我吗？我刚进大学，就用个国产手机，在同学面前还怎么抬得起头来？"

她白了父亲一眼，头也不回地走了。而那位父亲则马上紧随其后——商场的人群川流不息，他生怕女孩消失在自己的视线之中。

蔡康永说：当我们说"我好想要这个、我好想要那个"的时候，通常少讲了几个字。我们的意思其实是——"我好想要什么都不做，就得到这个那个。"

而什么都不做，又能得到想要的东西，最简便的方法，恐怕就是找自己的父母索取了吧？

小时候，我们希望父母买一支自己爱吃的冰淇淋，带我们去喜欢的游乐场，送给我们那件最心仪的玩具车。

长大以后，我们的欲望变大了，想得到的东西也变得更多了——冰淇淋变成了票子，游乐场变成了房子，玩具车变成了真的汽车。我们不愿付出便想得到的习性丝毫未变，可是有些父母，却已经再也给不起了。

于是，我们开始抱怨感叹：自己怎么就没有好父母呢？

到底是父母变了，还是我们变了？

龙应台说过："父母亲，对于一个20岁的人而言，就像一栋旧房子。你住在它里面，它为你遮风挡雨，给你温暖和安全。但是你不会和房子去说话，去沟通，去体贴它。"

也许，在有些人看来，父母只不过是一间失去了价值的旧房子。看到别人住的房子又宽又大，他们就开始嫌弃自己的房子又老又旧。

可是他们却未想过——自己二十多年来，一直享受着旧房子带来的安全与温暖，却从来没有向房子，缴纳过一点点的房租。

4.

卡夫卡的小说《变形记》里，主人公格里高尔是一家的经济支柱。他用自己的薪水供养家人，那个时候，他是家中受到尊敬的长子，父母夸奖他，妹妹爱戴他。

可当有一天，他醒来后发现自己变成了一只巨大的甲虫，已经丧失了劳动能力，再也不能对这个家庭做出物质贡献的时候，家人的态度一反之前的尊敬，而逐渐显现出冷漠与厌恶。父亲恶狠狠地用苹果打他，母亲吓得晕倒，妹妹厌弃他。格里高尔对家人也越来越失望，最后只能在孤独和痛苦中饥饿地死去。

对于他的家人来说，他已经失去了利用的价值。作为亲人，他们心中衡量的不是爱与亲情，而是到底对方能给自己带来多少实际的利益。

而现在的我们，又何尝不是如此呢？我们想比拼的东西，实在太多太多。

孩子们拼谁的父亲地位高；女人们拼谁的老公更有钱；男人们拼谁的妻子漂亮贤惠；就连小区里晨练的大妈们，都在拼谁家的孙子成绩好、读名校。

可是“拼”这个字，本身就包含着一种交锋的含义。在它的后面加上亲人的称谓，这样的组合未免太过冰冷，失去了本该拥有的人情味。

一言不合，短兵相接，刀光剑影，鼓角争鸣。那些在攀比的战争里，被挡在最前面冲锋陷阵的，正是我们最亲的人。**我们可以和别人“拼”能力、“拼”毅力、“拼”才华。唯独不应该，把亲人当作在面子上压倒别人的筹码。**

他们不是手上的一枚戒指，她戴的是小碎钻，你手上的是一克拉，就会因此感到骄傲。他们也不是肩上的一个包包，她背的是限量版，而你拿的是大众款，就会为此感到汗颜。若是享受宠溺的时刻就高兴万分，索取不成之时便满腔抱怨，这样的爱，也未免太过虚伪。

父母子女也好，爱人亲人也罢，爱他，就要在所有人都关心他飞得高不高的时候，你却关心他飞得累不累。

有些人，哪怕他们平凡、苍老、没有钱，却也依旧是我们生命里的那个唯一。无论时光荏苒，哪怕年华老去，就算世界背离，他们也依旧愿意选择和我们肩并肩站在一起。

生命中，依然有这样的人存在，对我们而言是一种莫大的幸运。要记得，对他们好一点，再好一点。

既然爱他，那就好好珍藏。只盼那些生命中最珍贵的人，远离剑影刀光，永远心花怒放。

有些话，可以入耳，不必入心

1.

一场婚礼正在举行，新郎是一位制片人，新娘则是一位年轻的编剧。两人站在洒满绚烂灯光的舞台上拉着彼此的手，深情对视。

“新娘，你愿意嫁给他，无论生老病死，都不离不弃吗？”司仪问道。

新娘皓齿轻启，可还没等“我愿意”三个字说出口，就听见台下传来一声激动的嘶喊。

一个男子站起来，指着新娘高声嚷道：“你这个拜金女！和我分手，不就是为了找个有钱人结婚吗？你一辈子都不会幸福的！”

满堂的亲友都惊呆了，焦点“唰”地全都对准了那个男人。

那个男人不顾全场惊诧的目光，继续高声喊道：“你和我吃饭，专挑贵的东西点；我还送给了你一个包包。结果，交往还不到一个月就和我分手，就是因为嫌我穷吧？他不就是比我有点钱吗？”

“你这个势利的女人！”

新娘被这突如其来的谩骂惊住了，不知所措地愣在那里。她这才看清，喊叫的男人，原来是自己曾经的一个追求者。

两人经朋友介绍，通过相亲认识。只在一起吃过两顿饭，但都是在普通餐厅，根本没有点什么山珍海味。接触过几次之后，姑娘觉得彼此性格不合适，便和对方把话说清楚了，确认双方压根就不算正式交往过。男人确实送给她一个包包，但价格不过一百多元。因为不喜欢，她一直没有使用，最后原封不动地退回了。

被拒绝之后，对方死缠烂打过一段时间，但是姑娘从来没有理会。最后终于不堪其扰，把他拉黑了。

没想到，他竟然一直耿耿于怀，不知从哪儿得知她结婚的消息，还直接跑到这里来大闹婚礼现场！

新娘没见过这种场面，满肚子委屈，眼泪瞬间掉下来。随后，她也冒出一肚子的愤怒，想与那个男人理论一番。

就在这时，旁边的新郎一把将她拥住了。他在她的耳边轻语："别理这种人。今天你是主角，他的目的就是让你出丑，在亲朋好友的面前失去仪态。你若回应，就上了圈套。一切交给我处理就好。"

新郎用淡定而平静的语气说："这位朋友，今天是我们大喜的日子。如果你是来祝福我们的，我们非常欢迎；不愿祝福也没关系，我们的招待能力有限，请你离开就好了。”

那男人转向新郎，语气仍是愤愤不平：“兄弟，我奉劝你一句，娶了这种拜金女人，是绝对不会幸福的！”

新郎紧紧拉起新娘的手：“和她在一起这么久，她的为人我是最了解的。别人怎样说她，我并不在意；我相信的，只有自己的判断。感谢你让我知道，她是这么优秀的一个姑娘，有着这么多的追求者！她选择和我相伴一生，实在是我的荣幸！”

说完，新郎立刻单膝跪地，举起了早已准备好的戒指：“亲爱的，嫁给我吧！我答应你，一定会让你幸福的！”

婚礼现场爆发出雷鸣般的掌声，气氛比刚开始时还要热烈。

许多人都为他们的爱情感动不已，新娘更是泪流满面，久久地凝视着新郎，眼神里满是感动和感激。

婚礼结束，大家纷纷祝福：“你们的婚礼太有创意了，真不愧是编剧的婚礼！那个群众演员是提前安排好的吧？刚才真把我吓了一跳！”

“用这种方法表现感情的坚贞，也只有你这个编剧能想得出来！”

新娘在一旁满脸苦笑，只有当初的那位介绍人私下对她讲：“那人人品简直太差了！都怪我当初把他介绍给你，真是察人不明。要不，我发朋友圈帮你澄清一下吧？我也宣布和他从此绝交！”

新娘摇摇头：“算了吧，都是过去的事了。和那种人斤斤计较，我都会觉得自降品格。”

随后，她又笑了：“何况，我已经找到了真正的幸福。刚才发生的这一幕，让我更加庆幸自己没有和他走下去；也更加欣慰，自己嫁给了一个对的人。”

谣言和诋毁，从来都是发现真心的试金石，同时更是辨别假意的照妖镜。

被人冤枉，固然委屈。但在失去一些虚情假意的同时，也必定能够收获几份不离不弃。

2.

一位青年演员刚刚出道不久，演戏非常努力。

他珍惜得到的每一个机会，哪怕只是演一个小角色，他都会反复琢磨台词、钻研剧本，诚心诚意地向前辈请教。因此，他的演技突飞猛进，自己也获得了许多老演员们的认可。

功夫不负有心人。几年后，他主演的一部电视剧，终于大获成功。

可让人意外的是，戏里的所有演员都大红大紫。唯独他，因为在剧中饰演反派角色，不仅没红，反而遭到了许多观众的谩骂。

很多人在网上发帖，骂他扮相恶心、阴险狡诈，甚至有人跑到他的社交平台上诅咒：“你这么坏的人，怎么还不出车祸死掉？”

他出门，发现自己的车窗玻璃被砸得稀烂；逛超市，有人朝他指指点点，甚至扔臭鸡蛋；他收到匿名的包裹，打开一看，竟然是观众寄来的刀片，希望他自杀以泄众愤！

他苦恼极了，不止一次地解释："你们恨的是戏里的角色，而我只是一个演员而已！""道德败坏的是那个角色，与我无关！"

可是很多人根本听不进他的解释，人身攻击的话语，仍然满天飞。

有位老前辈劝他："大家这么恨这个角色，是因为你演得好呀！他们的诋毁，从某种意义上来说，正是对你的认可！"

"有些话，可以入耳，不必入心。你要做的，是继续好好演戏，用实力证明自己！"

青年演员恍然大悟，再也不浪费心力去解释了。他把更多的时间用来磨炼演技，从此以后片约不断。他既演过正面角色，也演过反派；既演过大英雄，也演过小人物。每一个角色都刻画得入木三分，越来越多的人对他称赞和认可，再也没人对他进行谩骂和攻击了。

语言暴力的背后，有时是丧失思考能力的群体。

那些人情绪激动、丧失理智，而你却百口莫辩、有理难言。这时，最好的方法不是去回应，而是先让自己变得更强大起来。

3.

有次路过一家糕点店，店门口排着长长的队伍，人声鼎沸，门庭若市。

我心想，这家店的糕点一定特别美味，于是也排了一会儿队，想要给家中的老人带回一些糕点尝尝。

可回去品尝过才发现，这家店的糕点，并没有特别好吃，味道和普通糕点没有什么分别。这令我非常失望。

再次经过那里，我依旧看见店门口排着蜿蜒的长队，心里更加奇怪了。

我问一位正在排队的大婶："这家店的糕点很普通啊，为什么每天还会有这么多人排队？"

大婶热心地向我介绍："这里的东西货真价实啊！权威部门都检验过了，吃起来放心！"

"说起来，这家店还真是因祸得福哪！"

原来，这家店刚开业不久时，曾遭到竞争对手的排挤。有人传言：这家店做点心用的肉松是用棉花做的假肉松，吃了以后，对人的健康十分有害。

附近的居民听了大为震惊，又非常愤怒。在这里买过糕点的顾客们全都来到糕点店，一定要向老板讨个说法。他们每天聚集在门前，把店铺围得水泄不通，糕点店根本无法开张做生意。老板心里满腹委屈，可任凭怎么解释，居民们就是不相信。

事情越闹越大，有人打电话给电视台反映情况，记者赶来采访，把这家店在当地的电视台曝光。店铺刚刚开张，就遇到这样的委屈事，老板整天愁眉不展，头发全白了。

后来，有店员给他出主意："既然我们货真价实、问心无愧，何不主动请权威部门来检验一下？只有这样，才能证明我们的清白！"

店老板想想，觉得有道理，一时间又想不到其他办法，便同意了。

不久后，检验结果公布：店里的原料全部符合规定，有的原料甚至还很优质，比国家规定的标准还要高出许多。

居民们总算放心了。又因为有电视台的跟踪报道，全城的人都知道了这家店的货真价实，讲究诚信。从那以后，糕点店的生意变得空前地好，有人甚至专门慕名前来，宁愿多排一会儿队，也要给家人买到最放心的糕点。

任何事情都有它的两面，一个人能够承受多大的诋毁，往往就能承受多大的赞美。

当一句句谣言，像一把把刀子戳进心里，唯一可以抵挡的办法，只有修炼自己的强大内心。若果真问心无愧，我们需要的，不过只是有足够的自信挺过去。

那些打不倒我们的，终将使我们更加强大。

4.

一代影后阮玲玉，在25岁时，被人发现在家中吞服安眠药自杀。

年少时候，她遇人不淑，遇到了一个游手好闲、无赖至极的丈夫。两个人分开以后，前夫常常向她勒索，她却一再妥协，委曲求全。

随着阮玲玉越来越出名，对方吃定了她，更加穷追不舍地找她要钱，对她步步紧逼。她给不起，对方便索性耍无赖威胁她，要将她告上法庭，让她名誉扫地。

当时的一些花边小报，对这样的绯闻特别感兴趣，在报道里添油加醋、轻蔑调侃，让自尊心极强的阮玲玉感到颜面无存，觉得全天下人都在看她的笑话。她难以想象，一代影后走上被告席，将会是一件多么丢人的事情！

终于，在开庭的前一天晚上，阮玲玉选择了用自杀的方式来结束生命。她在遗书中写道："我一死何足惜，不过还是人言可畏，人言可畏罢了！"

有的时候，受关注程度越高，就越是容易受到他人的苛责；越是身处光环之下，就越会失去辩驳的权利。

人言就是人言，只是一种客观存在。它之所以"可畏"，归根结底，还是因为自己心生恐惧。要记得，那些用谣言中伤你的人，最希望看到的结果，就是你的怯懦和软弱。

岂能尽如人意，但求无愧我心。让自己的内心更加强大，就是对他们最好的回击。

5.

动画片《瑞克和莫蒂》中有这样一个情节：

Jerry 被人谩骂，伤心极了。他也用谩骂回应，却整晚都在刷新网页，等待别人回复骂他的话语，最后哭着睡着了。

Jerry 说："我只是想让所有人都喜欢我。"

他的妻子却说："你没办法让所有人都喜欢你，你只能等他们恨你恨腻了。"

一位饱受争议的作家，在回应别人的质疑时说："骂我的人没关系，爱我的人谢谢你。"或许，这才是最为洒脱的态度。

有些话，可以入耳，不必入心。当流言只是流言，我们大可以不必理会，有和他们争论的工夫，还不如用来提升自己。

每个人的每一种行为、每一句话语，都是他自身选择的权利。但是，一旦这种行为和话语超出了限度，已经给自己造成了很严重的伤害，也要敢于运用恰当的手段，不给别人继续伤害自己的机会。

人心动摇，世事难料。

你有明枪暗箭，我自备软猥铠甲；你有流言蜚语，我修炼百毒不侵。

人生一世，草木一春。

唯有把自己的伤口筑成铜墙铁壁，才能练就一颗金刚不坏的强大内心。

你等父母说“对不起”，他们却等你说“谢谢”

1.

那天正准备休息，突然收到朋友的一条信息。打开一看，只有两个字：“心痛！”

我不知发生了什么事，马上打电话给她。电话接通，那边却是一段长久的沉默。半晌，竟传来呜呜咽咽的哭声。

她边哭边说，语气凝重，今天中午，她接到电话，是公安局打来的。警察说：她离家出走三年多的母亲终于被找到了。几天后，警察就会把母亲送回家。

“这是喜事啊，为什么要哭？”我不解。

电话那头的她，甚至已经泣不成声：“你不懂……你永远不懂……”

在她 11 岁那年，母亲第一次遭受到家庭暴力。父亲把母亲摁在墙上打，每次母亲都被打得鼻青脸肿、头破血流。而她，只能躲在角落里痛哭——年幼的她真的害怕极了，几乎每天晚上都会做噩梦。

更可怕的是，每次父亲出门以后，她就会遭受母亲加倍的毒打。

幼小的她无力反抗，只能哭泣着祈求。可母亲仍然变本加厉。她的身上，常常体无完肤，皮开肉绽简直是家常便饭。

有一次，母亲心情不好，又开始无缘无故地打她。她的腿上出现了一条条血印，火辣辣地疼。她大声求饶，母亲却无动于衷，不肯停手。

突然，门外响起父亲的脚步声。母亲马上拎着瘦小的她到了写字桌前，并大声呵斥："快写作业！不许说话，不许告诉你爸爸！"她害怕极了，强忍着疼痛，不敢哭一声，也不敢吭一下。

她的整个童年，几乎都是这样度过的，疼痛和委屈幻化成了内伤，一直埋藏在记忆中最深的地方。

很久以来，她都十分自责，更加自卑。她以为，这一切都是自己的错：如果不是她，就不会造成母亲这样的不幸。

所以，她拼了命地学习，拼了命地工作，赚钱买房子，想给妈妈一个温暖的家。可就在她拿到房子钥匙的一个星期后，母亲却毫无征兆地离家出走了。

她一个人在房子里痛哭，整个人怅然若失。

本来以为，自己这么努力，终于买了大房子，可以给母亲一个家了，她就会高兴、就会爱自己，可是没想到，自己却再一次被丢下了。

"你知道我的心情有多复杂吗？明明知道她已经老了，已经不可能再打我、伤害我了，可是每次提起她，我的心里还是止不住地害怕……

"就在前几个月，我去看了心理医生。医生说，我的两段婚姻无疾而终，是因为我在童年就已经习惯了不断被伤害、不断忍耐。所以，婚姻里的另一半，才会肆无忌惮地向我加倍索取……为什么我会有这样的父母？为什么上天对我这样不公平？

"究竟为什么，我的命竟然会这么苦？"

我被问住了，不知道该怎样回答。

我本想安慰她几句。可是突然觉得，任何的语言，在此刻都显得苍白无力。

2.

一个闺密是医院的护士。有一天，她讲了一件令人气愤的事。

她们科室住进一个小男孩，10 岁，患的是肾病。男孩的父母轮流来医院照顾，还有一个刚上小学的妹妹，偶尔过来探望他。

每一次，父母都围着哥哥有说有笑，妹妹却被独自晾在一旁。到了吃饭的时间，父母就会去食堂买来一份丰盛的饭菜，端到儿子面前，让他尽可能多吃。而女儿，只能在一旁等着，直到哥哥吃完，才能去吃哥哥剩下的饭菜。

有一次，闺密去换药，他们一家正在吃饭。哥哥的碗里有鱼有肉，妹妹在一边直咽口水。

小女孩用怯怯的声音和父亲说：“爸爸，我饿！”

她爸爸没好气地回一句：“哥哥不是正在吃吗？耐心等着！”

闺密看着心疼，把小女孩叫出来，拿一包饼干塞给她。她看了看，懂事地摇摇头：“没关系的阿姨，哥哥马上就吃完了。哥哥看病需要很多钱，我和他吃一份饭就行了，能吃饱的！”

闺密听完心里一酸，又不知道该说什么，直夸她懂事。

小姑娘不好意思地低下了头，却突然又像想起什么似的，仰起头试探着问：“阿姨，换肾是不是很疼啊？”

闺密以为她是担心哥哥，安慰说：“别怕，你哥哥的病没那么严重。再说，如果真的需要手术，打麻醉药就不疼了啊。”

女孩睁大了眼睛：“真的吗？换肾……会死吗？”

闺密觉得很奇怪：“是谁和你说你哥哥一定会换肾？”

小女孩低下头：“我听见妈妈和医生的谈话了……妈妈说，如果需要换肾，可以把我的肾换给哥哥……”

她的眼神里充满了恐惧：“可是，我也真的很怕疼啊！”

闺密讲完，连声音都在发抖：“你们说，天底下怎么会有这样的父母？同样是父母亲生，女儿和儿子的差别，怎么就这么大？”

接着，她又感叹：“这个女孩太命苦了……可惜作为陌生人，我却什么也帮不了她。”

3.

曾经看过网上的一个帖子：一个刚刚结婚五天的女孩子，却突然在新房里面割腕自杀。

在婚前，双方家长本来已经商定好了彩礼的数目。可是她娘家人爱面子，找到婆家人商量：“彩礼能不能多给一点？也就是为了说出去风光些。多给的部分，等婚礼结束，再让闺女还回去就行了。”

婆家人欣然答应，就多拿出了 10 万元彩礼，把婚礼风风光光地办了。

婚礼结束后，新娘回娘家，想向妈妈要回那些多出的彩礼，还给婆家人。

没想到母亲却骂她：“你这个白眼狼，还什么还？我养你这么大容易吗？别说多给 10 万，就算多给 100 万，也是应该的！

“你婆家有钱，难道你就只顾自己嫁过去享福？不想着怎样帮衬娘家，还想把给了娘家的钱要回去？你还有没有良心？”

女孩不得已回到婆家，婆婆听说了她娘家的行为，话里话外少不了讽刺几句。她羞愧极了，觉得自己再也没脸待下去，于是当天又返回娘家，再次向母亲索要答应归还的彩礼。

然而交涉无果，换来的依旧是一顿臭骂。

新婚的第五天，姑娘在新房的卧室里，割腕自杀了。母亲闻讯到婆家大闹，说是他们逼死了自己的女儿，并开出了几百万的天价赔偿……

痛不欲生的新郎在收拾遗物时，发现了一封遗书："妈，从小到大，你都把我当成赚钱的工具，就连我结婚了也不放过。我这一世的苦命终于结束了，只愿来生，不要再做你的女儿……"

4.

曾经以为，天下每个父母都是爱孩子的。可是后来才渐渐发现，许多父母都在打着"爱"的旗号，对孩子施加无情的掠夺与伤害。

《欢乐颂》里的樊胜美，父母因为她是女孩就无情地压榨，不顾她的生活压力，让她不断地给不成器的哥哥填补亏空。在父母眼中，她可以不吃不喝，甚至搬到条件简陋的公司宿舍。但是赚来的钱，必须要填补家里，供养哥哥嫂子一家。

同样是《欢乐颂》，安迪从小被父亲抛弃，被寄养在孤儿院，因此养成了冷漠的个性。她不爱与人亲近，不喜被别人触碰，甚至在亲密关系里都缺少必要的互动。即使事业打拼得如日中天，可她却不知道该怎么面对感情，为此苦不堪言。

关雎尔的母亲强势，她从小就习惯做一个乖乖女。她的口头禅是“我妈妈告诉我”，对于母亲的安排只会一味顺从，从来不敢说一个“不”字。母亲说要找个好工作，她就加倍努力，争取留在上海；母亲说要心灵美，她就不喜欢打扮，总是戴着一副厚厚的眼镜，被人嘲笑缺少女人味；母亲让她去相亲，她不敢直接拒绝，只能旁敲侧击、想方设法、变着花样地逃避……

俗话说“天下无不是的父母”，若说有父母不爱自己的儿女，恐怕会有很多人站出来训斥孩子大逆不道。可事实上，有些父母在孩子的童年时期根本没有尽到养育的责任，给孩子留下的，只是伴随一生的阴影与伤害。

正应了伊坂幸太郎的那句话：“一想到为人父母居然不用经过考试，就觉得真是太可怕了。”

5.

我们无法选择出身，遇到什么样的父母全凭运气。有人生在钟鸣鼎食之家，双亲知书达礼，把孩子奉为掌上明珠；有人生于偏僻苦寒之地，父母脾气暴躁，将孩子视为累赘而分外嫌弃。

我们常常把后者，归结于自己的命不好。有些人甚至默认：命运如此，又岂是我能改变的呢？

其实，宿命这种事，我是不怎么相信的。原生家庭不够理想，固然可悲，但是并不可怕。可怕的是，我们不能有所发觉，反而一直在复制造成不幸的方式。

面对父母不公的对待，只能多爱自己一点，自己增长可以立足的本领。除此之外，恐怕别无他法。

《左传》的开篇，是《郑伯克段于鄢》。

讲的是郑庄公出生时，一双脚先出来，他的母亲姜氏认为这是大逆不道的象征，于是对他分外厌恶。姜氏总是偏心小儿子共叔段，对其处处宠爱，想立共叔段为世子。但当时郑国的国君郑武公，并没有答应。

郑庄公即位后，姜氏要求把共叔段分封到险要之地。后来共叔段谋反，姜氏甚至想帮助他做内应，推翻自己的另一个儿子。后来谋反失败，共叔段逃到别的国家。郑庄公对姜氏的举动大为恼火，把她囚禁起来，并发誓说：“不及黄泉，无相见也。”

后来，庄公看到别人都有老母亲可以侍奉，想起自己的母亲，不禁黯然神伤起来。但碍于当初的誓言，身为君主，不好轻易违背。

后来，他想了一个办法：挖了一个地下隧道，算作是在“黄泉”之下和母亲相见。母子二人从此冰释前嫌，和好如初。

但，如果郑庄公没有即位，没有最终成为治理国家的君主，恐怕母亲对他的看法，一生都不会改变。

既然改变不了你的家世，那么，不如就去培养你的优势。人，应该让自己足够强大，直到光芒万丈。那闪耀的光辉，就足以让包括父母在内的所有人刮目相看。

王小波在小说《青铜时代》里说：永不妥协，就是拒绝命运的安排，直到它回心转意，拿出我能接受的东西来。

如果不满意你的现在，那就要重新选择一切。这个过程一定会非常辛苦、非常艰难，但没有人能为你的人生负责。只有集中火力、突破重围，才能获得自己想要的人生。

看过的一部美剧中有一段台词：“我们一生都在等父母说出‘对不起’，而父母却一生都在等我们说‘谢谢’。”

其实，我们不必非要等到谁的那句“对不起”，也不必违背内心，对曾经伤害过自己的人说“谢谢”。

只需要知道，就算起点再落后，就算路途再艰难，就算全程没有人陪伴，自己也要微笑着咬紧牙关，一步一步，去往心中的远方。

多谈几次恋爱，不过是为了只结一次婚。

把不合适的人拒绝在婚姻外，当属此生之幸。

不跌下几回低谷，怎消心中浮躁？

不品尝几次失败，怎减青春狂骄？

逆风的方向，有时更适合飞翔。

只要每一次起飞，都全力以赴地把握航向，终有一天，能降落在属于自己的璀璨机场。

Chapter 4

愿你自在
但不张狂

活得漂亮的姑娘，没有一个是“省油的灯”

1.

我有一个发小，从小就不懂得将就。

高中时候，有次我陪她买裙子。她逛街的方式很特别：并不是悠闲自在地精挑细选，而是走进一家店铺，扫视一圈很快就出来。很多裙子，她只是拎起来瞥一眼，然后又很快放回去。我劝她穿上试试，可她却连连摇头。

我们逛遍了商场，最后终于在一家不起眼的店铺里，找到了令她满意的款式。可是，适合她的尺码却卖完了。

卖衣服的阿姨拿出了一件大尺码的：“这件你也能穿得下，就买它吧！”

她摇摇头：“袖子那么长，穿起来不像是我自己的衣服。”

阿姨不愿意丢掉马上到手的生意，继续劝说：“小孩子长得很快的，再过一年，穿起来就正合适啦！这样吧，我给你算便宜点……”

她边把衣服放回去，边果断地拒绝：“还是不买了。”

阿姨的颜面有些挂不住，嘴里小声嘟囔着："小姑娘年龄不大，一点都不懂得将就……可真不是个省油的灯！"

她笑着朝阿姨道谢，然后迅速拉着我离开了。

路上，我问她："逛了这么久才找到喜欢的款式，尺码大一点的，你也不是不能穿……为什么不买下来？"

她望了我一眼，干脆地说："这样的衣服，买回去会让自己很为难的。"

"穿上吧，尺码大这么多，邋邋遢遢，真的很难看。放着不穿，万一以后不喜欢了，岂不是浪费钱？这样的衣服与其买回去纠结，还不如直接买一件完完全全喜欢的。"

"因为我很清楚自己要买什么样的裙子，所以不符合标准的，就根本不会考虑。因为它不合适，所以即使没买成，也不会留下遗憾。"

有多少姑娘出去逛街，最后想要的东西没买到，不需要的东西，却总是提回一堆？有多少姑娘耳根子软，听别人忽悠几句，就开始左右为难、摇摆不定？又有多少姑娘，连到餐馆点什么菜、出门穿哪件衣服，都要询问别人的建议？

很多时候，选择并不是一件容易的事。那些被说成"不省油的灯"的姑娘，恰恰是因为她们早就已经坚定了自己的选择，不愿意随便将就而已。

这样的姑娘，无一不是脑筋清楚、内心澄明的，只用几秒钟的时间，就可以迅速判断、拨云见日。

谁也别想用差不多的东西去敷衍她们，因为她们的心中，自带一杆精准的秤。

2.

看过一位美女 CEO 的访谈，当时的心情，只能用“震惊”两个字去形容。

姑娘第一次高考，进入全国排名前三的名校，就读于一个很有前景的专业。入学两个月后才发现，所学专业和自己的人生目标竟然相去甚远。

她从小的理想，是做一名外交官；而迈出自己梦想的第一步，就是成为一名奥运会志愿者。可由于规定所限，在那座南方城市里读大学的她，是没有办法成为奥运志愿者的。

于是，她做出了一个惊人的决定——退学！

所有人都觉得她疯了，都觉得她太“作”。这么顶尖的学府，别人削尖脑袋想进都不进来；而你千辛万苦地考上了，竟然因为当不了奥运会志愿者，就轻易地退学了？

她顶着重重压力，回到老家。咬紧牙关复读一年，随后重新参加高考。第二年，她凭借实力考上了北京的另一所名校，并且被最喜欢的英语专业录取。

从此以后，她的人生就仿佛开了挂。她迅速开启了学霸模式，参加各种英语演讲比赛，过关斩将，获奖无数，最终收获全国总冠军。奥运会前夕，她如愿成为了一名志愿者，因为表现出色，才华、颜值俱佳，她还被组委会推荐到一场重要的国际领导人会议上，担任英文翻译。

大学毕业后，许多殿堂级企业纷纷向她抛出橄榄枝。权衡之后，她又做出了一个惊人的决定——婉拒高薪，从零开始，创办自己的公司。

如今，她已经是两家公司的老板，事业做得风生水起。除此之外，她还创立了一个国际性的公益组织，继续圆自己的外交梦。

而做到所有这些事的时候，她连 30 岁都还不到。

记者问她："这么年轻，就能做出这番成绩，你觉得什么才是最关键的？"

她想了想，一字一句地说："也许，是不将就。"

名校退学、复读、重新高考，看起来很折腾，可却是她接近人生目标的最短路径。**很多时候，生活并不会在一开始，就发给你一手好牌。每当这时，敢不敢于洗牌重来，才最考验一个人的勇气与魄力。**

若是当初信念不坚，心意稍有退转，也许就再也无法触碰到理想，只能在另外的地方，将就着过一种截然不同的人生。

那些爱折腾的姑娘们，恰恰是因为她们敢于追求、懂得放弃。

如果决定放弃的东西，刚好又是其他人想要的，别人就会说：“一个女孩子，安分一点不好吗？可真不是省油的灯！”

可是，人生只有一次，有谁规定，不能去追求自己喜欢的东西呢？

那些看起来是“不省油的灯”的姑娘，只不过是在拼尽全力，争取想要的生活而已。

3.

看《倚天屠龙记》时，对赵敏“闹婚”的那一幕，始终印象深刻。

得知张无忌要成亲，赵敏一身青衣直闯喜堂。一时之间，场面大乱，群雄失色，束手无策。

眼看来者不善，光明右使范遥眉头一皱，说道：“郡主，世上不如意事十之八九，既已如此，也是勉强不来了。”

赵敏道：“我偏要勉强。”

“我偏要勉强。”多么干净利落，又不容反驳。

心爱的男人马上就要另娶他人，此时不去争取，又更待何时？明知他的终生幸福所托非人，难道就要袖手旁观，从此将就认命吗？

即便所有人不分是非、颠倒黑白，说她是那个作恶多端的“妖女”，她也不会在乎众人的目光，偏要为自己的幸福搏一搏。

人生苦短，又何必委屈自己？现在不去争取，岂不终生徒留遗憾？

可可·香奈儿若是不去争取自己的人生，就会成为上流社会男人的情妇，终其一生在男人之间兜兜转转，而不是创立惊艳世界的时尚品牌，成为所有女人的榜样与标杆；

费雯·丽若是不去争取自己的人生，就会成为一个无闻小律师的漂亮老婆，而不是远渡重洋，登上奥斯卡最佳女主角的领奖台，在万里之隔的土地上，闪耀出郝思嘉的传奇光芒；

J.K. 罗琳若是不去争取自己的人生，恐怕至今还是穷困潦倒，只身落魄的单身母亲，而不是通过写小说变成亿万富翁，更不会为全世界的孩子塑造出一个魂牵梦萦的魔法世界。

那些活得漂亮的姑娘们，没有一个是省油的灯，似乎总在没完没了地折腾。但每折腾一次，也就离自己的人生目标更近了一点。

人生短暂，就是要活到淋漓——穿最喜欢的裙子，嫁最心动的男人，过最精彩的人生。

4.

别人总是在我们的周围画上一条条线，考什么大学、读什么专业、找一个什么样的工作、在多少岁之前结婚。

于是为了完成这些目标，我们都在不停地将就，最后拥有了“看起来很美”的生活，可自己却一点也不快乐。

临渊羡鱼，不如退而结网。幸福，从来都是自己争取的。

2005年，乔布斯在斯坦福大学的毕业典礼上演讲，送给了在场所有年轻人一句：“Stay hungry，stay foolish。”

在我看来，hungry是求知欲、是饥饿感，更是对美好生活的欲望和渴求，是不放弃心中理想的那一份热忱。

没有人可以幸运到一下子就选对人生的方向，也没有人可以不用迈出脚步，就能到达想要的远方。那些“省油的灯”，一辈子最多只能活到人生的标配，却永远无法迅如疾风，在人生的道路上尽情驰骋。

当我们两鬓斑白、满脸皱纹，真正能够回忆起来的，从来不会是那些平庸安稳的日夜，只会是那么几个激动人心的时刻，还有它们背后全力以赴的时光。

不要在没有得到的时候说放下，不要在该努力的时候谈修行。

活得漂亮的姑娘们，爱折腾，爱作；但她们更爱用自己的方式，为理想建设，和生活死磕。

那些最终能够收获幸福的人，没有一个是省油的灯。

最好的教育，是过好自己的人生

1.

当闺密把那份 offer（录取通知书）摆在我的面前，我简直不敢相信自己的眼睛——美国名校、理科硕士、奖学金。

“你真的要出国读研？”

“是啊，一定要去。”

“既然决定了，那我支持你。”我轻声说。

她的眼睛忽然亮了，嘴角上扬，闪出一丝惊喜的光芒：“你怎么就不问问我，出国以后，宝宝怎么办？”

“我了解你，如果是一心想做的事，你就会把一切安排好的。”

她长长地舒了一口气，两颊上的绯红一直荡漾到鬓角：“只是……这个问题，我已经被问过太多次了。”

刚生完宝宝那会儿，她差点患上产后抑郁症，原因是在带孩子的问题上，她和家人有着不小的分歧。

她公婆都是生意人，先生的收入也不低。有了宝宝之后，在这种宽裕的家庭里，公婆就想让她辞去自己的工作，专心在家相夫教子。

就连她的母亲也劝她："你那点工资又不高，再说家里也不缺你的这点钱。一个女人，何苦那么拼呢？不如辞职回家，好好教育孩子才是正经事。"

她摇摇头，不置可否。

产假过后，她仍然回去工作，照常做报表、加班、见客户，起早贪黑事无巨细。只是无论多忙，下班回家一定把宝宝哄睡，然后宁可自己熬夜，也要把当天工作完成。

家人见她工作家庭兼顾得很好，也就没再多说什么。

白开水般的日子过了两年，她突然提出，想出国读研。平静的生活像是被丢进了一颗手榴弹，顿时炸得翻江倒海，水花四溅。

父母反对，公婆反对，周围更是闲言碎语不断。

"一个女人，安分点不好吗？何必这么折腾？"

"野心不小。孩子都有了，还在为自己考虑。这孩子是亲生的吗？"

"都当妈了还谈理想，是有多天真？就算有理想，也应该放在孩子的身上吧？"

难道有了孩子再去追求梦想，就是自私吗？她为此苦恼了很久，直到终于迈出了那一步——

现在的她，已经在国外读书一年多了，孩子也进入了当地的一所幼儿园。我们在网上聊天，她给我发来视频——四岁的孩子，自己会穿衣服、整理房间、放洗澡水，还能说一些简单的英语。

白天她上课，把孩子送去幼儿园。晚上她在灯下啃课本、写论文，小朋友就在一旁画画读书。

没人再说她自私，也没人再说她忽视孩子的教育。所有人都说，她做了一个无比正确的决定。

放弃梦想的借口实在太多，或许“为了孩子”，是其中貌似最伟大、最冠冕堂皇的一个。

但若干年后，孩子希望拥有的，或许是一个懂时尚、有担当，即便在最艰难的时刻，也不曾放弃自己梦想的母亲；而不是一个，只问柴米油盐、不知今夕何年的妈妈。

我们所能给予孩子们最好的爱，莫过于给他们一个更优秀的母亲。

2.

一位老师，是知名的心理学教授。他的孩子自小就一路名校，如今更是供职于一家权威研究所。

可是每当有人夸奖他教子有方时，他都会摇摇头：“说真的，我可算不上一位‘好’父亲。”

平时工作忙，他自然早出晚归，经常是回家以后，孩子早已安然入睡。

为了弥补陪伴孩子的时间，他常常带着孩子一起工作、一起玩。别的家长都把孩子往培训班里送，他却把孩子带在身边，照常进行各种娱乐和休闲。

开学术报告会，他把孩子带去旁听；

去图书馆查资料，他让孩子体验校园氛围；

和朋友约好周末打球，他也把孩子带到运动场上嗨。

一次，教授应邀录制一档心理学节目，他便把孩子带到了演播厅。

六岁的孩子坐在台下，望着父亲在聚光灯下侃侃而谈，竟然出了神。录制结束后，工作人员和小家伙开玩笑，问他第一次来电视台，究竟有什么感受。

小朋友兴奋极了，手舞足蹈地和摄像师说：“第一次发现，原来我的爸爸这么帅。下一次，我也坐在台上好不好？”

教育哪有什么秘诀，不过就是过好自己的生活罢了。因为它本来就是一棵树去撼动另一棵树，一朵云推动另一朵云。

你在前面走，他在后面跟；他是你的后来者，你是他的领路人。

或许，他最终选择的路，并不是你为之铺好的那一条。但可以确定的是，他已经在不知不觉中，学会了你走路的方式。

3.

认识的一位姐姐，年近四十仍然没有走进婚姻。家人想尽办法安排她相亲，可任凭谁劝说，她都是一意孤行。

有一次，我们一起去看电影。剧中的男人对妻子家暴，用一个烟灰缸把女人打得头破血流。突然她大叫了一声，冲出影厅。我吓了一跳，急忙跟过去，不知发生了什么事。

我以为她是被电影的情节惊到，不断安慰她：那只是剧本的安排、情节的需要，不必太当真的。

没想到，她却浑身发抖、泪流满面，口里一直念着："你不懂……"

我带她到一个咖啡厅，喝了杯热咖啡后，她终于渐渐平静下来。她先是向我道歉，然后带着未干的泪痕问我："你知道我为什么一直不愿结婚吗？"

小时候，她的父母经常吵架，家里就像一个戏台，每隔几天就会上演冲突的戏码。吵闹声、吼叫声、东西摔碎的破裂声，组成了最令人恐惧的交响曲，夜夜入梦。

最严重的一次，她父亲盛怒之下，扯着母亲的头发按在墙上不停地撞，母亲的头顿时鲜血直流。她吓坏了，躲到墙角大哭，不知该怎么办。最后还是一位邻居发现，把母亲送到了医院。

她曾劝过母亲离婚，可是母亲却把她一顿骂："还不都是因为你？

我为了你忍气吞声，辛苦地维持这个家，你竟然还这么不听话！”

小时候她厌弃自己，甚至想过自杀，觉得母亲所有的不幸，全都是自己造成的。长大以后，提起婚姻，她恐惧害怕，因为从父母那里眼见耳闻的婚姻，不曾有过一丝暖意。

一段婚姻在缔结的时候，并无孩子的参与；那么是否应当结束这段婚姻，自然也与孩子无关。在没有爱的婚姻里委屈将就，说到底，不过是自己在意世俗眼光，对独自一个人的生活充满恐惧怯懦。

若是连自己都放弃了追求幸福的权利，又凭什么要求孩子来拯救自己的生活？

荣格说过：父母对孩子最不好的影响，莫过于让孩子觉得，他们自己没有好好过日子。

快乐的父母，才能教育出快乐的孩子。要把孩子培养得独立自信，自己就先要拥有健全的人格。

4.

电影《垫底辣妹》里，沙耶加的父亲年轻时梦想成为一名职业棒球选手，但因为种种原因没能实现。于是，他把全部的期待寄托在儿子身上，希望他能够继承自己的梦想。

于是，当沙耶加的弟弟在棒球比赛中得了第一名，父亲兴奋得喜笑颜开。不顾自己的两个女儿，单独把儿子带去高档餐厅吃烤肉。但当弟弟没有办法进入职业队的时候，他得到的却是父亲的一顿暴打。

电影里的那位父亲，已经完完全全地失去了自我。当孩子没能达到自己的期待时，这种“失去自我”导致的是父亲和儿子的双重崩溃。

我周围的一些朋友，自从有了孩子以后便颓废、发胖，两耳不闻窗外事，一心洗手做羹汤。每天紧盯孩子的一举一动，一张成绩单写满全部的喜怒哀乐。

但也有一些人，他们有了孩子后与从前的自己无异，就算每天换尿布、洗奶瓶，也不曾泯灭心中的热情。与其等待孩子长大，再把梦想寄托于他的身上；不如现在就去做，快些把梦想在自己的身上安放。

不要在荒废了人生以后，还要美其名曰：一切为了孩子。

你的孩子，自会向着更远的方向前行，也会朝着自己的山峰登攀。

但在那之前，请先尽你自己的努力，站得更高、看得更远。

而后，他们才能踩着你的双肩，遇见一个更加广阔的世界。

选错了对手，才是选错了人生

1.

表弟大学毕业，找到一份不错的工作。那是一家名气和效益都非常不错的国企，在行业内颇具实力。大学期间的刻苦努力，再加上面试时候的出色发挥，让表弟终于拿到了这个梦寐以求的 offer（录取通知书）。

全家人一起聚餐，祝贺他找到理想的工作。可是席间，他的情绪并不高，连话也比平时少了很多。

从饭店出来，我问他："找到了好工作，怎么还是不高兴？有心事吗？"

他的脸有些红了，支支吾吾了一会儿，还是说出了内心的想法：因为成绩优秀，表弟是全学院中最早找到工作的那一个。再加上，他进入的企业又是许多人梦寐以求的，他自然收获了不少羡慕和夸赞。

可是，随着毕业的临近，其他同学也陆续找到了不错的工作：国家机关、大而全的知名外企、小而美的创业公司……表弟觉得，自己已经不是最优秀的唯一了，心中的优越感一下子消失了，未免变得有些失落。

他低着头，喃喃地说："我也知道这样的想法有些虚荣……可是，一想到自己被超越，就说什么也高兴不起来了。"

我笑着告诉他："你的出色毋庸置疑，但别人变强大，也并不妨碍你的优秀啊！"

他投来不解的眼神，我继续解释："你们都是同一专业的同学，走向社会后虽然岗位不同，但大多还在同一个领域。有的同学考上公务员，进入政府机关，将来你有政策上的不懂之处，不是恰好可以问一问吗？有的同学进入跨国公司，那里是行业浪潮的风向标，不是恰好可以通过他们，了解到一些最新的风口信息吗？至于那些自主创业的同学，更需要具备精准的定位和一定的营销、管理能力，你更应该多和他们交流，不时向他们取取经。"

在学校教育的熏染下，我们十几年来一直被灌输着竞争的意识。第一名只有一个，班长只有一个，学生会主席也只有一个。似乎优秀的定义，就是击败所有人，在竞争中取得绝对优势。

可是当我们走到了一个更大的环境，你就会发现，周围的人并不全是我们的敌人，也根本不应该成为我们耿耿于怀的对手。**人与人之间的关系，并非只有竞争一种，千万不要把本来可以成为朋友**

的人，变成自己编造出来的假想敌。

2.

曾经有一个上高二的姑娘和我倾诉："我有一个好朋友，但让我痛苦的是，她处处都比我强那么一点点。长得比我漂亮一点，个子比我高一点，成绩比我好一点，家里比我家有钱一点，就连老师也喜欢她多一点……

"有时候，真希望她在考场上发挥失常，或者生一场大病。可她真的是我形影不离的好朋友……你说，我的心理是不是太阴暗了呢？"

女孩儿的疑问，让我想起了世界短道速滑冠军杨扬在一次演讲中回忆的经历：

首场1500米的比赛，她承受了巨大的心理压力。曾是世界冠军的她，这次只拿到了一个第四名。那时候，她觉得整个世界都是灰暗的，自己就像一只过街老鼠，连吃饭都不敢出去见人。

反思自己失败的原因，她惊讶地发现，在比赛到最后两三圈的时候，她的脑海里曾经有过一个闪念：希望前面的人摔倒，这样自己就可以进入前三名了！

她顿时感到了这个念头的可怕——有这样的想法出现，只能说明一件事：当时她已经放弃了自身的努力，而把所有的好成绩，都寄托于好运气的降临。

而对于一个运动员来说，这样的想法是致命的！

她在心里痛骂了自己一顿。传说不剪头发和指甲，可以给滑冰运动员带来好运，但她在当天晚上全都剪掉了；她还换掉了自己最喜欢的背心，远离所有曾经认为能带来好运的东西——她希望自己再没有一点侥幸心理，唯一能做的事，就是全力去拼！

第二天的 500 米比赛，她不再关注别的选手，而是把所有的注意力都放在自己身上。怎样起跑，怎样蹬冰，怎样冲刺……尽最大努力地做好每一个步骤。最后，在首场失利的情况下，她终于一举反超，夺得了第二场的冠军。

我们常常忍不住拿自己和强大的对手进行比较，有时甚至希望对方出现意外，让好运气光顾自己。其实，这根本不是心理阴暗，只是陷入一种思维定势而已。

每当这样的心理出现，就表明了我们太过在意别人，反而忽略了自己的力量，给了自己一种不如别人的心理暗示。

越是嫉妒，就越是对别人的一种无形认可，就越是埋怨自己不争气。如此，**你的精力不仅没有用在提高自我方面，反而在别人看不见的地方，增加了许多自我消耗。**

正如余秋雨说：对方的每一个成绩，都被看成是针对自己的拳脚，成绩不断则拳脚不断，因此只能时时圆睁着张皇失措的双眼，不等多久已感到遍体鳞伤。

3.

几年前，和朋友去巴厘岛旅行。刚刚潜过水的我们饥肠辘辘，寻到了当地一家有名的餐厅，恨不得马上饱餐一顿。

当时正是用餐高峰，餐厅门前挤满了慕名而来的人们。我们走到队伍的最后面，望着前面弯弯曲曲的长龙，心里充满了纠结：继续等下去，不知道还要耽误多久；去其他地方用餐，又实在不熟悉，万一迷路怎么办？

我们等了一小会儿，不见队伍挪动，心里更加焦急了。正在犹豫着，一个餐厅的服务员走了过来，用英语热情地和我们打招呼。

他用满怀歉意的语气说："今天用餐的人实在太多了，让你们等这么久，实在抱歉。如果你们愿意，我可以推荐几家其他的餐厅，地点就在附近，保证味道一样纯正。"

我们确实太饿了，便同意了他的建议。他随即拿出笔和纸，帮我们写下了几家餐厅的名字和详细地址，告诉我们怎样走才能到达。怕我们找不到路，他还在餐巾纸上用笔勾勒出一幅简单的地图，细心地标注了具体的位置。

我们道了谢，拿着地图刚要离开，他却再一次把我们叫住。

他径直塞给我们一个袋子："这儿有一些新鲜的西柚，天气太热，你们带在路上吃吧！这次没能招待你们实在不好意思，希望你们下次再光临！"说完，双手合十，用生硬的中文说了一句："谢谢！"

我被他的服务感动了，却也止不住好奇心："刚才推荐的餐厅，是你们的分店吗？还是有生意上的合作？"

他摇了摇头："不，这些餐厅和我们一点关系也没有，之所以推荐，纯粹是出于诚意。"

我更加困惑了："你们就这样把客人推荐出去，就不怕生意都被抢走，影响以后的经营吗？"

服务员没想到我会这样问，先是愣了一下，随即露出了憨憨的笑容："我当然希望更多的客人来光顾我们的餐厅，但我们的接待能力确实有限。客人在哪家餐厅吃饭并不重要，重要的是让他们品尝到当地真正的美食，让他们拥有舒服的体验、开心的回忆。只有这样，他们才愿意再来这座小岛旅行，我和我的同行们，才会有源源不断的生意啊！"

和服务员道了别，我一边品尝酸酸甜甜的西柚，一边回味着他的话。或许，做生意最好的方式，不是费尽心机地招揽更多顾客，而是在自己力所不及的时候，也适当地让一些机会给别人。

竞争关系里，并不是只有"你死我活"一种结果。

我们每个人，都是大海里的一条小丑鱼，就算长得再强壮，恐怕也难以在充满危险的大海里，独自撑下去。只有身处在鱼群之中，和别的小鱼相互帮助、相互支撑，才能共同生存下去，畅游在那一整片的美丽海域。

4.

有一位著名歌手，受邀参加一场演出。

他当众演唱了一首新创作的歌曲，首演大获成功。所有人都被他的歌声折服，对他报以热烈的掌声。

他骄傲极了。可没想到下台之后，一位少年找到他，毫不客气地指出了表演中的一处错误。并且批评说：“你这一段唱得走音太多，吉他也弹得不够好！”

歌手听了很不服气：“你一个小孩子懂什么？有什么资格来指责我？”

少年没有说话，而是拿过歌手的吉他，用左手把刚才的曲子重新弹奏了一遍。歌手瞬间惊呆了——那位少年的演奏不仅婉转美妙、余音绕梁，还把自己的每一句歌词全都唱了出来，不差分毫。甚至，他还即兴把一段旋律做了改进，整首曲子听上去确实顺畅多了。

歌手沉默了。他心里很清楚，这位少年的天资远在自己之上，将来一定会成为一颗乐坛新星，大红大紫的程度必定超过自己。而对方需要的，不过只是时间。

歌手沉默良久，终于开口问少年："你愿意和我一起唱歌吗？"

少年思忖了一下，点了点头。此后，他们便组成了一支乐队，一起创作出许多脍炙人口的歌曲。

歌手叫作约翰·列侬，而那位少年正是保罗。他们组成的乐队叫作披头士，后来引领了一个时代的音乐风潮，红透了全世界。

一个人走得快，一群人走得远。

把朋友变成敌人，是一种愚蠢；而把敌人变成朋友，却是一种智慧。

一个人的能力终究有限，当自身的体力不足以到达山顶的时候，和队友一起搀扶着走，才是看见这世界的最好方式。

5.

美国作家阿扎洛夫，前半生凭借努力，取得了辉煌的成就，在文坛小有名气。然而，在他的后半生，丧失理智的他和故乡小城里一个叫马利丁的文坛小丑较上了劲，并将后者视为竞争对手，从而使自己前半生的辉煌，与后半生绝缘。

马利丁为自抬身价，不断地在当地报刊上制造一些低劣的花边新闻，公开向阿扎洛夫叫板。像阿扎洛夫这样身份的人，本不应去理会。然而情绪失控的他，被这个小人激怒，与之在小报上展开了长达数年的激烈论战。

结果，马利丁靠着与他的论战炒作出名，最终名利双收。而阿扎洛夫却由于无端地空耗了青春与生命，再也没有写出优秀的作品，成了世人耻笑的对象，最后抑郁而终。

其实，前行路上的坎坷不易，追梦途中的遥远艰辛，才是每一个人真正需要面对的劲敌。

人生已经艰难如此，何必还要给自己处处树敌呢？

若是“有朋自远方来”，我自然欢欣鼓舞；若是“道不同不相为谋”，也只需挥手一别，从此相忘于江湖。

电影《中国合伙人》中，成冬青与王阳、孟晓骏一起创办英语培训机构，一起度过了一段非常艰难的时期。拥有一定规模后，孟晓骏不满意成冬青被媒体塑造成“留学教父”，两人渐渐貌合神离。后来，内心不平的孟晓骏离开了团队。

可是后来，两个人渐渐发现，没有了团队合作之后的生活，就变成了历尽艰辛的单打独斗。成冬青被控告侵犯版权，陷入危机；孟晓骏的生活也有诸多不易，寸步难行。后来，三人终于冰释前嫌，团队重新凝聚、共赴患难，最终把“新梦想”越做越大，成为最有影响力的英语教育机构。

很多时候成功与否，并不是看一个人有多优秀，而是在很大程度上取决于，有多少人愿意在背后支持你。那些优秀的人，本来就可以变成相互帮助的队友，又何必非要针锋相对，让自己变得伤痕累累呢?

真正聪明的人，绝对不会把自己与优秀的人对立，给自己画地为牢，最终困守在给自己圈定的狭小范围里。那样就会像没有眼睛的水母，在能力不足时只能随波逐流，把前进的方向，全部交给不确定的命运。

俗话说：条条大路通罗马。但如果选择错了竞争对手，才是真正地选择错了人生。

心有多宽，世界就有多大。

明月入怀，方可天地为家；周公吐哺，才能天下归心。

你的决心，不必尽人皆知

1.

俗话说：每逢佳节胖三斤。但这个春节，唐唐却胖了十斤。

没错，是十斤。

节后一聚，只觉得她比以前圆润了许多。脸庞大了一圈，眼睛却小了两号。据说，她春节回家，爸妈做了不少美食，她似乎把这一年里爱吃的菜，全都集中在这几天吃完了。再加上串门拜年，各种聚会……于是悲剧就这样发生了。

但就在刚刚过去的元旦，唐唐可是下定决心、信誓旦旦地发过朋友圈的：这次一定要减肥成功。结果，体重不但没减，反而还增加了许多。

其实，这已经是第三次了。每次减肥之前，唐唐必定要先发朋友圈表一番决心，写明自己减重的目标，最后再加上一句："近期谢绝一切聚餐，谁请客跟谁急！"

每一次，她都会收到无数的点赞。可是过不了多久，她就又会在深夜晒出各种各样的美食，晒出高档餐厅的环境，还有出席各种聚会的傲娇自拍。

可惜无论照相机的角度多么倾斜，摄影技术多么好，修图多么夸张，依然能依稀看出那掩饰不住的臃肿脸庞。

朋友们问起她的减肥成果，她就撇撇嘴："没办法啊，我是易胖体质，多少次了，就是减不下来！真羡慕你们，天生就这么瘦！"

其实，若是真想做成一件事，自己在背后默默努力就好，完全不必凡事都发朋友圈炫耀一番。

我真的见过一个减肥成功的女生，从 160 斤的不忍直视，疯狂甩重到 98 斤的"好女不过百"。

每天，当别人还在睡梦中时，她就已经迎着朝阳奔跑了。减重的一年多里，她从没吃过一顿饱饭，下了班就去健身房挥汗如雨。平时，她也会赴各种聚会，可无论别人怎么劝，她就是有定力一口也不碰。看着别人大口嚼着美食，她却在一旁捧着一杯白开水聊天。

整个瘦身过程中，她从来没有发过一条朋友圈，也从来没有表过决心。

因为她觉得，最重要的是最后把事情做成，而不在于中间的过程，究竟有多少人围观夸赞。

2.

单位新来的姑娘妍妍，和我只是点头之交，平时并没有过多的接触。

一次单位组织出游，我们刚好坐在一起，聊得还算开心。闲谈间，我提起自己有烘焙的爱好，小妍说想看看我的成品。于是我翻开手机的相册，找到照片，她表现得很感兴趣。

“做得真好，看起来就很有食欲……你用什么型号的烤箱？揉起面来费不费力？”

其实在此之前，我也曾经把烤好的点心拿给很多人品尝，所有人几乎都表现出了浓厚的兴趣，围着我不停地问这问那。

“烤箱什么型号？工具哪里买的？推荐什么书籍？哪种品牌的原料成功率更高？我懒得自己找，链接发我一下吧……”

面对每个问题，我都耐心解答，事无巨细。几个关系亲近的闺密甚至一起畅想，以后要合伙开一个甜品店，就连品牌的名字都起好了……

可是一个月后，当我问起她们的烘焙学习进展如何时，竟没有一个人真正做成的。

“我哪有时间玩烘焙啊，每天上班这么累，周末还不赶紧歇歇玩玩。我家楼下就有糕点店，想吃点心，还是直接去买来得方便。”

“哦，材料倒是都买了，可是看了那些配方，实在太麻烦了。蛋黄、蛋清还得分开打，步骤就有十几步，光看食谱就眼花了。”

“别提了，我倒是烤过一次，全都烤煳了。我看还是别费劲了，我压根就没有那种天赋。”

……

后来，还是不断有朋友向我请教烘焙，可大多数人都是三分钟热度，极少有人能真正做出成品。

慢慢地，我的回答也从当初的耐心详细、有问必答，变得简单明了、一带而过。因为我知道，大部分人只是短暂的好奇，看到别人做出可口的点心，也想要亲手去尝试；可是真正做起来，却又会觉得太麻烦，于是纷纷打起了退堂鼓。

所以，当妍妍问起我时，我也只是点到为止地敷衍着，并不想浪费力气过多地讲解。我知道，即使我再热情地去讲解，这些精力和时间，也很有可能又会付诸东流。

好在，她也没有再多问，不一会儿，就又把话题转到了别处。

一周以后的休息日，我正在看书，手机忽然响起。拿起一看，是妍妍发来的信息。

照片里，是一个颜值颇高的金枪鱼披萨，后面还附了几个简短的字：“味道真不错，谢谢你教我！”

我吃了一惊，这丫头，在这么短的时间内，竟然真的做成了！可我也很困惑，因为我除了给她看看成品图，简单告诉她几种原材料，其他的明明什么也没有说呀。

我回复她："太厉害了！学得这么快，还一次成功，究竟怎么做到的？"

她很快回过来："没有啦……前面已经做了好几个，都不太成功。可只要多试几次，其实也很简单。现在网络这么发达，如果真想学习一样东西，一点都不难的！"

有些姑娘的可贵之处，在于她们的执行力强大到和头脑中的想法一样快，更难得的是，那一份安静踏实的态度。

她们不会凡事都要在社交网络上晒一晒，更不会在事情没做成之前，就拍着胸脯，夸下滔滔海口。比起关注收获了多少个赞，她们更愿意多花时间想一想，用什么方法，才能把实事做成。

如果你还在努力的途中，就不要妄想获得别人太多的赞美。因为那会提前预支达到目标时的成就感，使人滋生出傲慢心与表演欲。即便最后成功了，快乐也不再那么酣畅淋漓。

3.

俗话说："低调做人，高调做事。"

做事的时候沉住气，并不代表从此就要甘于默默无闻；懂得在什么时候才“高调”，也要讲究一定的时机。

《琅琊榜》里，太子私设的爆竹坊爆炸，靖王在第一时间赶到现场，并且动用个人资源进行赈灾。梅长苏肯定了靖王的善行，并说要把他的善举昭告出来。

可是靖王却说：“我做这些事，不是要给别人看的。”

此时，梅长苏劝慰靖王，说了一番意味深长的话：“若是做事之前，就想好了要给别人看，那是殿下的德行问题；可是做了好事，最终却无人知晓，那就是苏某这个谋士无用了。”

所谓决心，并不是非要在一开始就招揭出来给别人看。若真如此，难免会被认为动机不纯，博人眼球的欲望，往往会高过真扎实干的精神。

直到扫清了一些障碍，经历了一番痛苦，真正做出成绩之后，当然就可以高调。因为，那是完全可以用事实证明的一种底气和自信。

4.

德州扑克，被誉为世界上“最危险”的扑克牌游戏。

赢，就赢尽一切，一夜暴富。输，就倾家荡产，一无所有。

作为职业牌手，越是在关键的时刻，就越是要管理好自己的情绪，收敛起自己的内心。表情中一点点细微的变化，都可能让对方猜出自己的底牌，从而在一场游戏之中，输掉全部的身家。而一旦破产，想要东山再起，可能会需要几年、几十年的时间，甚至一辈子再难翻身。

电影《生死狙击》里有一句经典台词："慢就是稳，稳就是快。"

说白了，就是要懂得把握节奏、沉得住气。手不能有一点点颤抖，呼吸不能有一丝丝紊乱，哪怕只是稍微暴露自己，就会在刹那之间被对方的子弹击中，命丧黄泉。

张扬，并不是一件难事，最难的是懂得如何收敛。正如《史记》中云："胸有激雷而面如平湖者，可拜上将军。"

静水流深。要做成一件事，本无须多言。那些叽叽喳喳、聒噪不止的人，往往缺乏必要的耐心；反而是那些沉默不语、不喜宣扬的人，能够沉静下一颗心，把精力和时间全都用在刀刃上。

高手之所以是高手，在于他们从来不会沸沸扬扬地宣布，自己一定要学会降龙十八掌；也从来不会扬扬得意地声称，自己一定要手握打狗棒。

真正的高人，只会钻进一个山洞，然后十年如一日，功到自然成。

你的决心，不必尽人皆知。

待武功练成之日，再重出江湖不迟。

这两个字，能成就你，也能毁掉你

1.

在一间舞蹈工作室翻看课程介绍，忽然走进一位让所有人眼前一亮的女子。

齐肩的短发又垂又顺，发梢的弧度恰到好处。身材高挑，纤细挺拔，皮肤紧致红润，精致得像一个洋娃娃。最引人注目的还是她的腰身，走起路来杨柳扶风，盈盈之间不堪一握。

她和课程顾问打了声招呼，就优雅地走进了更衣室。

“这是你们的舞蹈教练？”

“不，只是我们的一个学员。不过以她的水平，也足够当教练了。”

“她的身材真好，学跳舞真有优势呢！”我发出了羡慕的赞叹。

一旁的课程顾问却笑了起来：“她刚来学舞蹈的时候，体重有140斤。你说，这算不算优势？”

“140斤？”我被这个数字惊到了。

“是啊，那时候她刚生完第二个宝宝，体重一度飙升到了顶点。

她来报名学肚皮舞，一方面是想减轻体重，另一方面是真心喜欢。可她的体型实在太夸张，教练告诉她，要想学好舞蹈，必须先把体重降下来才行。”

“于是她早晨去健身房跑步，下班就来这里跳一个小时舞。因为胖，所以她身体的灵活度特别差，每个动作都要付出好几倍的辛苦。本来以为她坚持不了多久，可没想到，一些身体条件好的学员后来都慢慢放弃了，竟然只有她坚持得最久。”

“练成这样的身材，她用了多久？”

课程顾问想了想：“算起来，至少也有四五年了吧。而且她的出勤率很高，几乎每天都来。

“其实练成好身材并不难，最难的是保持下来。来这儿的每个人，最开始都是信心满满，但能够一下子坚持好几年的，并没有几个。一种运动再好，只坚持一两天又怎么可能有效果？想持续地美丽，就必须要持续地付出时间和努力啊！”

这些年，身边的美丽女孩越来越多，即便以前是平淡无奇的“丑小鸭”，也可能几年以后，就逆袭成了“白天鹅”。和这些姑娘聊天，颠覆了以往我对美的认知——那些看上去很美的外表，背后其实都是辛苦的坚持。

我们以为，别人天生就有一张漂亮的脸，那是老天爷赏饭吃。

可殊不知，大多数人的饭都是自己赏给自己的。美丽的背后，拼的完全是自身的坚持。

2.

一档女性节目邀请了几位女明星，请她们介绍一下保养的秘诀。

一位女明星说自己喜欢吃炖猪蹄，并且有自己的独门秘方，不仅美容，还不容易长胖。在主持人的追问下，她在节目中毫无保留地公布了炖制的方法。

另一位女歌手说自己有一套独特的呼吸法，可以帮身体获得更多的氧气，使皮肤红润，面若桃花。她不仅在现场演示了一遍，还请现场观众到台上互动，气氛立刻变得十分热烈。

接着，是一位出道多年的女演员。

她塑造过很多深入人心的角色，最难得的是，几十年来她的容貌不仅没有丝毫改变，反而越来越光彩照人，被称为“冻龄”女神。

主持人问：“今天到场的嘉宾里你的年龄最大，皮肤却一点不输少女。快说说，到底有什么秘诀呢？”

女演员笑了笑：“其实没有什么秘诀，不过就是饮食清淡些，坚持运动而已。”

“能具体说说吗？”主持人继续追问。

“我每天早起会喝一杯柠檬水，中午吃大量蔬菜还有粗粮。晚上就是一杯酸奶，七点以后就不再吃东西。哦，对了，拍摄再忙我也会去健身房，每次结束拍摄都会认真卸妆，尽量少熬夜……”

“就这些？”

女演员点点头。

“可是这些方法，我们都知道啊。”主持人显然并不甘心，有的观众也发出了几声唏嘘。

女演员略一欠身，抱歉地笑道：**“其实我真的没有什么秘诀。只不过就是把最简单的事情，坚持了几十年而已。”**

所有人都相信，美丽一定有捷径。于是想尽办法打探明星们变美的秘籍。直到后来才失望地发现，她们一个个都很有“心机”，说起保养的方法总是点到即止、千篇一律，从不肯透露半点有诚意的东西。

其实不是明星们不说实话，而是想要变美丽，真的别无他法。你和女神之间的距离，只差日复一日的坚持而已。

时间，是一位最公正的执笔人，也是一味最强烈的催化剂。它可以化作一双温柔的手，把独特的美丽精打细磨，加倍放大；也可以变成一把无情的刀，让衰老容颜的沟壑纵横暴露无遗。

只是，愿意以什么样的方式利用它，完全取决于我们自己。

3.

小时候看《西游记》，最喜欢“大闹天宫”这一段。齐天大圣无所畏惧，恣意而为，把天庭搅个天翻地覆，不论何等神仙妖魔都要敬他三分，实在让人好不过瘾！

可是现在，我却更愿意回味孙悟空被压在五指山下的那段情节。

五百年，在小说中只是寥寥的三个字，电视剧也不过只给了一首歌的时间呈现。因为这段时间太漫长，又最是枯燥，实在没有什么戏剧性的情节可以表现。

想想孙悟空如此雄心壮志、心高气盛，五百年间，却只能与天地为伍，风霜雨露为伴。身体不能自由，才华无法施展，只能压抑住心中的一腔热情，在孤独与失意中艰难度日。被压在山下的齐天大圣，该是何等的孤独困苦、寂寞难耐！

五百年，是一分一秒熬过来的。但也正是因为这五百年的煎熬和修炼，才让美猴王蜕变成孙行者，收敛了顽劣、磨炼了性情，一路降妖除魔，最终成就一番事业。

才华也好，能力也罢，充其量都只是让你“小荷才露尖尖角”的一点优势。想要长成亭亭玉立的一株莲花，必须经过时间的磨砺，忍受住痛苦的坚持。

4.

《琅琊榜》里，梅长苏精心谋划、步步为营的复仇故事，荡气回肠，令人大呼过瘾。

梅长苏本名林殊，后化名苏哲，以一介布衣之身回到金陵，凭借智慧和谋略，在帝都之中搅弄风云。长苏哥哥虽有神机妙算，却也历尽重重艰难，最后终于达成心愿，为家人和战友昭雪沉冤。

可是，却很少有人认真思考过，是什么让那个意气风发的愣头小子林殊，最终蜕变成懂分寸、知进退，运筹帷幄的梅长苏?

答案只有一个——时间。

从林殊到梅长苏的距离，是整整十二年。

十二年里，他一刻也没有空闲。回到金陵之前，他做了很多事：削皮挫骨化解火寒之毒，卧床一年等待身体恢复；随后设法成为江左盟盟主，做了很多得人心之事，以便得到下属的忠诚；经营江左盟成为江湖第一大帮，进一步提高江湖地位；不仅在大梁朝野埋下眼线，还在周边各国布下人脉；帮助北燕六皇子当上太子，为重返金陵制造声势；想办法换掉求亲使者百里奇，在众人面前展示出自己的能力……

没有十二年间的韬光养晦，就不会有十二年后的荡气回肠。只有所有一切都万无一失了，他才能拥有重回金陵的资本。

纵然天资聪颖、心思细密如梅长苏，也需要暂时忍耐住痛苦、按捺住寂寞，在别人看不到的地方不停地努力，只为机会到来的那一刻。

而当所有人把目光重新聚焦在他身上，他早已经自带光环，足够成为世界的中心。

5.

很多人喜欢研究成功人士的经历，试图挖掘出成功背后的秘籍。可他们总是选择性地忽略最简单也最重要的事情，那便是时间和坚持。

时间这个词，多严肃，多冰冷。

坚持这件事，多枯燥，多无趣。

人们喜欢仰望英雄，所以才给他们编造出过人的天赋和传奇的经历，因为这样才更符合大家对英雄的期待，也更方便自己在没有成为英雄时，进行一番自我安慰。

表面上，对精英们满口钦佩，背后却又暗自感慨：我只是没有那么好的运气，如果我也能生在钟鸣鼎食之家，如果我也能遇到贵人的相助……但你可知道，通过自己的努力获得成功的概率，要比投胎到富贵人家或者买彩票一夜暴富大得多？

武媚娘尚有四年感业寺中的青灯古佛，勾践尚有十年吴王身边的卧薪尝胆。谁的人生没有一些困苦失意，谁的生活没有几段郁郁寡欢？但凡能够走到最后的风流人物，无一不是依靠时间，硬生生地磨出了一颗强大的内心。

时间，从来都是美人脸上的一把刀，英雄鬓上的一缕白。挺过去，便是成者为王，天将降大任于斯人也。妥协了，便是败者为寇，徒留此恨绵绵无绝期。

时间这两个字，能够成就你，也能够毁掉你。对待时间的方式，最终决定了一个人的层次。

唯一的区别，是选择忍耐坚持，还是自我贬值。

有一种错误，永远都找不到借口

1.

那简直是我经历过的，最糟糕的一天。

早上，本来我已经换好了衣服，刚准备出门，一低头，忽然发现裙子上沾了一小块污渍。那股强迫症的情绪瞬间来袭：怎能穿着这样的衣服出门？

于是，又翻箱倒柜，找出了另一条裙子换上。

一照镜子，还是不满意。这条裙子放得太久，已经有点皱皱巴巴。我用最快的速度跑进卫生间，打开挂烫机，把裙子上的褶皱全都烫开一遍。这次再穿到身上，果然顺眼多了。

一看手表，糟了。出门的时间，已经晚了十五分钟。我飞快地拎着包跑下楼，发动起车子。听着引擎嗡嗡的启动声，我恨不得自己驾驶的是一架直升飞机。

一路驾车狂奔，用尽了所有的车技，绕过缓慢的车子和行人。就连等红灯时，都在心里数着秒。

好不容易开到了单位附近，门前的那条小路却堵得水泄不通。别说汽车，就连一只苍蝇都难以飞过去。

眼看上班就要迟到，我再也等不及了，直接把车子停在了路边。然后又是一路小跑，总算在最后一秒钟进了单位的大门。我暗自庆幸，心脏却怦怦直跳，身上汗流浃背，出门前才换的衣服，此时已经全无优雅。如果当时有镜子让我照一照，恐怕我会被自己狼狈的样子气晕过去。

一上午的时间，我工作的时候总是心不在焉，因为担心车子被贴罚单。就连同事和我聊天，也是有一搭没一搭地回答。

终于到了午休的时候，我第一时间顶着毒辣的太阳跑出去，准备把车子开回单位的院子里。然而，担心的事情真的发生了：一张雪白的罚单赫然躺在我汽车的风挡玻璃上，迎风招展着，好像飞舞的白旗一般。

更让我惊讶的是，车子右边的前大灯，哗啦啦地碎了一地。原本闪亮亮的一辆车，活脱脱地变成了一个战败的逃兵！

可是，这又能怪谁呢？这条小路本来就窄，自己停车的位置又不对，被别的车撞了，只能自认倒霉。

我在众人惊诧的眼光下，把残破的车子开了回去。心情简直低落到了冰点，有同事上前关心地询问，我也无心多做解释。

眼看午休时间快过去了，我连饭都没有吃成。下午的会议又快要迟到，我只能急匆匆地赶回办公室，去拿开会的材料。当我拿着所有东西，心急火燎地走进会议室时，只听“砰”的一声巨响，我最心爱的玻璃杯从手中滑落，应声碎裂。

所有人的目光都投向这里，我不敢看他们，只觉得头皮发麻，脸上火辣辣的，头一下变成两个大，恨不得找个地缝钻进去。

那个杯子，是朋友从国外带回来送我的生日礼物，我一直爱护有加、小心使用，没想到因为一时的慌张，让它成为了牺牲品。

接连一天，状况不断，实在是太倒霉了。而这还没有全部结束，不顺的事情，还在继续上演：

吃了张罚单，我不得不放弃本来想买的新款唇膏；

车子送去维修，要在两周之后才能取回，维修价格相当于一个轻奢的包包；

而在这两周之内，我上下班打车的费用，比我半个月的饭费还要多。我不得不节衣缩食，过起了省吃俭用的生活。

车子受损、午饭没吃、水杯摔碎、开会迟到、上班不便、金钱损失……这一系列的烦恼，都只因为在上班的时候，出门晚了十五分钟。

多么典型的蝴蝶效应！

引起一系列大麻烦的，往往只是一个小错误。所有的事情，都是因为慌张。如果我能早一些出门，就不会遇到拥堵，更不会发生后面的事情了。

2.

有一年春节，我的两个好友相约，结伴回老家过年。

春运期间，车票特别难买。其中一个姑娘特意设置了很多组闹钟，三更半夜起来抢票。她一遍又一遍地刷新网页，整个人的神经都绷紧了。好在皇天不负有心人，终于被她抢到两张除夕回家的车票。

大年初一，我给她打电话拜年。谁知道，她一肚子委屈："别提了，我才刚进家门！以后再也不和她一起回家了！"

她在电话里的声音，透露出疲惫和气愤："我们本来约好，三点钟在火车站见面。可是都三点半了，还不见她的人影。我打电话问她到哪里了，谁知她却不紧不慢地说，还在家门口等公交车。"

"我告诉她，火车快赶不上了，赶快搭个出租车过来！结果她却说，从她家到火车站太远，打出租车太贵了。你说气不气人？既然不愿意打车，那为什么不能早点出门？"

"我好说歹说，她总算打了个出租车。见了面，我一路飞奔，可她还在不紧不慢地走。春运时的车站，人实在太多了，就连安检都要排队好久。好不容易进入车站，我甚至抓过她的行李扛起来奔跑，可是到了检票口，还是晚了十分钟！”

“春运的车票太难买，又没有合适的改签车次。最后我们两个女孩子，只能不顾危险，坐十几个小时的大巴车回家。一路颠簸，又冷又饿，踏进家门，已经是初一的早晨了。就连和家人的年夜饭也没有吃成！我真的好气啊！”

鲁迅说过：“浪费别人的时间，就好比谋财害命。”

上班迟到要扣工资，那是因为你和老板之间是雇佣关系，维系你们的基础，仅仅是劳动和金钱。而与朋友约定见面，依靠的却完全是信任。如果总是不守时，那么渐渐透支的，只能是你们之间的情感。

独自一人的不守时，最多给自己带来一些不便；而与人约定的不守时，就是在毁掉别人对自己的信任感。

有些迟到，本身就是一种缺乏重视、缺乏诚意的体现，迟到者容易给人一种“不靠谱”的印象——若是连遵守时间这件小事都无法保证，那么别人，又如何能够尊重你呢？

3.

一位刚出道不久的明星，应邀参加国外某时尚品牌的发布会。

却因为迟到了几分钟，而被主办方拒之门外。

那位明星心想：反正来都来了，如果不进去，实在太遗憾了。

于是他一边混进模特中间入场，一边摸索着寻找自己的座位。他的身影，全程都被摄像机记录了下来。直到后期播放录影时，才被主办方发现。

因为他的乱入，整场走秀的视频再也无法使用，给那家品牌秀的主办方造成了极大的损失。

发布会的主办人，是某国际品牌的总裁，在时尚界享有很高的声誉。他看过视频后勃然大怒，公开批评这位明星缺乏最基本的教养和素质。

从此，许多国际活动都不再邀请这位明星参加，而许多粉丝也纷纷表示：这样的偶像不值得自己追随。

一位颇具潜质的明星，就因为一次迟到，失去了进军国际舞台的机会。随后，他的出镜率变得越来越少，最后淡出了人们的视野。

4.

应邀参加一个婚礼，新郎新娘已经换装完毕，所有事宜也都准备就绪。一众宾客全都坐在台下，屏息凝神安静等待，准备见证神圣时刻的到来。

可令人感到奇怪的是，早已过了预定时间，典礼却迟迟没有开始。

台下已经开始有些骚动，新郎的父亲连忙上台解释：证婚人在路上堵车了，烦请大家再等一等。

城市里面，堵车是家常便饭，大家也纷纷表示理解。在场的宾客们有的坐着聊天，有的打电话联系工作，有的则干脆玩起游戏打发时间。

半个小时过去了，婚礼仍然没有开始。宾客们渐渐有些烦躁不安，有人借口自己还有事，起身告辞。而新郎、新娘和双方的家人们，则一直在不停地赔笑脸，安抚来宾的情绪。

我和新娘是许久未见的好友，借此空闲，来化妆间看望她。

时值盛夏，新娘穿着厚重的婚纱，拖着长长的裙尾。一头长发盘在脑后，可是发型虽然精致，额上却已经渗出了层层汗珠。精心画好的妆容也已经被汗水晕开，一旁的造型师正忙前忙后地给她补妆。

见我进来，新娘也顾不上寒暄，声音里带着哭腔："婚礼策划了这么久，没想到，却遇上这么不靠谱的证婚人！这是我人生最美好的时刻，却全都被他的迟到毁掉了！"

她告诉我，证婚人是新郎的同学，这几年混得小有成就，也算是个名人。这次听说新郎要结婚，便自告奋勇想当证婚人。一来，和老同学们联络感情；二来，想趁着婚礼拓展一下人脉。

我们正说着，新郎又给证婚人打了一通电话，对方接连道歉，称自己还在路上，要他们一定别着急，再等自己一下……

我安抚着新娘，突然她的父亲走了进来，语气满是焦急："婚礼再不开始，客人们就要全走光了！"

最终，他们举办了一场没有证婚人的婚礼。此时全场的宾客已经走掉了大半，剩下的人也只是出于礼貌地看完全程，完全没有了最初的喜悦和期待。新郎新娘的脸上，再也看不到幸福的微笑，表情里满是委屈和无奈。

有一种错误，从来都找不到借口，那便是不遵守时间。

堵车、迷路……这些借口根本就站不住脚。如果真的珍惜和对方的约定，那就应该满怀诚意，提早就把一切准备就绪。

重要时刻的一次迟到，也许就会影响别人的一辈子。

懂得遵守自己时间的人，才能把生命活得更加精彩；懂得珍惜别人时间的人，才更加值得去尊重。

5.

一杯热茶，待到凉透，已经再喝无益，只能被倒掉。

一件外衣，披得太晚，已经寒气入体，依然会病倒。

一份爱情，错过表白，已然擦肩而过，消失在人海。

并不是所有的迟到，都可以被原谅；也并不是所有错过，都有机会去挽回。时间对每个人都是公平的：无论是王公权贵，还是山野莽夫，任何人的一天都只有24小时。如果别人可以做到遵守时间，为何你却不能呢？

说话办事，要留有余地；与人有约，更要一诺千金。

忽然想起曾国藩的那副对联，是为人间至理：

好人半自苦中来，莫贪便宜；

世事皆因忙里错，且更从容。

我没你想的那么有钱

1.

最近，有朋友向我诉苦：暑期全家去了趟欧洲旅游，回来给亲朋好友带了一点小礼物。没想到，朋友们知道了她去欧洲的消息，一个星期内，就有三个人跟她借钱。

“听说你去欧洲玩了一趟？真是有钱人！我最近想给孩子买学区房，二套房贷没优惠。首付还差十几万，你就帮帮忙呗？”

“最近想买车，能不能借给我点钱？贷款倒是能贷……就是利息太高了。我们工薪族挣点钱不容易，不像你，随时随地都能去巴黎喂鸽子……”

“知道吗？新款iPhone又出了，可我这工资买不起啊！你是土豪，能不能先借万把块，让我把手机买了？等手头宽裕了就还你，反正你又不在乎这点钱……”

朋友面露难色：“我也是穷上班族一个，只不过爱好旅行罢了……真的没有这么多闲钱。”

结果，那些人纷纷对她嗤之以鼻：“不想借就直说，明明就是小气！一个动不动就带着全家欧洲旅行的人，说没钱，谁会信？”

这个朋友，我实在太了解了。她自己并不买房，因为一平米的房价，足够她跑去欧洲好几趟；她也没买车，平时连出租车都舍不得坐，每天上下班宁愿挤地铁；她在食物上的要求更加不高，水煮青菜就能吃得心满意足。

她唯一的爱好，就是旅行。

每次出行，她都会提前半年做攻略，预定好各地的青年旅社，半夜定好闹钟抢廉价机票，下载各类拼车软件。很多酒店都是她用积分兑换的，积累的航空里程绝对不会浪费——她总是知道，用什么样的方式旅游最省钱。就在大家晒房子装修、晒车钥匙、晒各种深夜美食的时候，她护照的出境记录上，已经多了不少花花绿绿的印章和各种文字的签证。

钱，或许是她四处旅行的条件之一，却远远不能成为她周游世界的最大动力。内心的那份兴趣和热爱，才是她行走天涯的最核心支撑。

2.

我在有些时候，也会被朋友感叹为“有钱人”。

有一次，我和朋友约好一起去看电影，可是途中，路过了一家风格独特的书店，我便再也挪不动脚步了。

书店门前，种着细细密密的蔷薇，通透的落地窗里，一排排淡黄色的木质书架整齐地排列。更吸引我的是，那天书店正在举办活动，书籍的价格与平时相比，便宜了很多。

我恳求朋友："能不能让我进去逛一圈？"

她知道我向来嗜书如命，逛起书店，没有一两个小时绝对不会出来。但她还是犹豫了一下，说："只给你十分钟，快些出来！电影快要开始了，千万别迟了！"

我高兴地顾不上回答，马上钻进了书店，消失在一排排书架间。十分钟后，我准时出来，手里抱着一摞书，出现在收银台前。

结完账，朋友抢过小票一看，差点惊掉了下巴："你就进去十分钟，总共花了一千多块？几本书而已，又不是人民币印的，怎么这么贵？"

我指指书后的原价，和她解释："这几套可都是精装的珍藏本啊！我一直都舍不得买，这回赶上打折，很值得的，比原价便宜了不少呢！"

朋友直吐舌头，"你可真是有钱人！"

我笑了笑，没回答。

看过电影，我们一边聊天，一边逛街。朋友是个时尚达人，瞬间开启了"扫货模式"，光是换季的衣服，就一下子买了十多件。

我们逛到一个奢侈品包包专卖店，她在一款限量版包包前流连。那款包包虽然好看，但价格却比她一个月的工资还要高。

我以为她只是看看而已，谁知道她仅仅试背了几下，就掏出信用卡，爽快地买下来了。

这下轮到我瞪大了眼睛："买完这个包，你接下来一个月，吃土去呀？"

"难得遇到自己喜欢的东西，干吗不买？我平时就购物这点爱好，如果连买喜欢的东西都舍不得，我辛苦工作还有什么意义？就算一个月都吃泡面，只要看见这个包，我就能恢复满满的动力！"

我冲她撇嘴："你可真是有钱人！"

话一出口，顿觉耳熟。我们默契地对视一眼，全都笑了。

其实一个圈子里，每天都玩在一起的朋友，大多处在同一个阶层，谁又能比谁有钱到哪儿去呢？

你觉得她3000元一双的鞋子很贵，她觉得你5000块买张机票不值；你觉得她背上万块钱的包包太奢侈，她却觉得自己一柜子的包包，折算成房价，还不及你家一平米的厕所贵。

每个人的消费观念，本来就有所不同。觉得别人比自己有钱，不过是觉得对方把钱花在了自己认为不值得的地方。

3.

和一个朋友吃饭，正聊着天，我忽然发现，她的牙齿间戴上了一排透明色的牙套。

“这牙套好别致，不仔细看，一点都不会发觉。比那种钢制的，真是漂亮多了！”

我随口问了一句：“多少钱？”

朋友的语气很平静：“六万。”

我刚抿的一口茶，差点没喷出来：“六万？就一个牙套？”

朋友笑了：“对啊，这还不算后期的复查和保养的费用呢。就这个价格，还是我买了一年的护理套餐，优惠过的呢！”

我瞪大眼睛看着她，觉得这样的价格，实在太不可思议了。

吃过饭，朋友结账。她掏出手机，出示了一张团购券。这顿饭不过一百多元，用完优惠券，也就便宜了十块钱而已。

我困惑地问她：“你舍得花六万块戴一个牙套，却还会为了省下这十块钱，专门团购一个优惠券？”

她愣了一下，然后不可思议地看着我：“我赚钱也不容易，可以节省的地方，当然要节省啊！”

“牙套当然也有便宜的，但是这种环保材料不伤害牙齿，对健康最有好处。何况我每天都要见客户，顶着一嘴大钢牙，实在太有损形象了。如果因此失去了订单，给公司带来的损失，可就要以百万元计算了！你说，这六万块钱，花得值不值？”

想想也是，每个人的钱，都是一种有限的资源。每一次花钱的行为，从根本上讲，都是一次关乎取舍的抉择。

尼采说："那些听不见音乐的人，都以为跳舞的人疯了。"

我们以为别人花钱很多，简直是在挥霍。其实他们只不过是，把钱用在自己最需要的地方罢了。

4.

真正像马云、李嘉诚那样的有钱人，大多数人在自己的生活圈子里压根接触不到。我们在某件事上说别人有钱，也只不过是看到了他们生活中很小的一个侧面。

我们认为的那些有钱人，不一定就是真正的土豪，也并非在所有的事情上都会一掷千金。他们不过是把钱集中花在了最感兴趣的地方，而又恰好被你看到，所以才引来了无数艳羡。可是，在某些地方足够豪爽的代价，却往往是在另一些地方不得不节俭。

自己朝九晚五地拿着微薄的工资，别人却一放假就能到处旅游，天南地北地晒照片；

春运提前很久抢不到票，而别人却能轻轻松松地买张机票飞回家，充满了潇洒与从容；

自己日复一日地背单词做听力，累到快要吐了，别人却直接花钱报了外教课，几个月就有了纯正的美式发音；

……

可事实上，旅游的人，正羡慕着你每个周末变着花样地吃大餐；买机票的人，感叹你的新衣服换了一件又一件，比时装秀场还养眼；报外教的人，唏嘘你每月花在游戏充值上的开销，就抵得上他请一个月的口语老师。

你看到我花钱时的痛快，却想不到我存钱时的无奈。

我们以为的那些“有钱人”，不过是在金钱的使用上，保持着极度的专一和钟情。他们理性地知道自己想要什么，不会在平时零敲碎打，而是把金钱集中起来去换取。

其实花钱就像谈恋爱，肯真金白银地砸下去的，才是心中的那个真爱。

人人都说要把钱花在刀刃上，这里省一点、那里抠一些，殊不知自己喜欢的人与物，才是那个真正的刀刃。

我没你想的那么有钱。我只不过愿意用有限的钱，去追求自己最喜欢的事；只不过愿意用有限的爱，去付给此生最值得的人。

只要心中的那份执着不减，纵然散尽千金，也终不会空留遗憾。

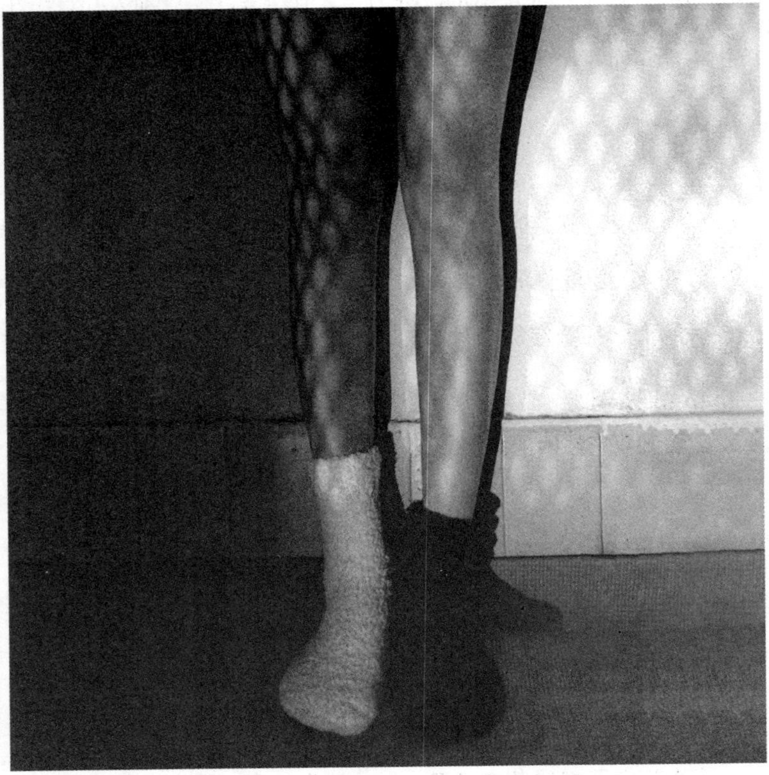

很多时候，善与恶并不那么分明，界限细如发丝、悬于一线。我们每个人都会在其边缘不停游走，可是一旦越线，便是天堂与地狱的云泥之别。

生活本来就是如人饮水，冷暖自知。你的喜怒哀乐，别人可以感知，却从来都不会感同身受。

Chapter 5

愿你平安
但不平凡

海誓山盟，不如保重

1.

有一年七夕，我在下班回家的路上，见到触目惊心的一幕。

那天我下了公交车，经过一个必经的路口时，忽然听见一声巨响。不远处，一辆越野车撞上一辆摩托车，那个骑摩托车的人被撞飞，随即摔落在地，完全失去了意识。

我惊得大叫，和许多人一起跑过去查看，只见一个年轻的男子躺在血泊之中。他没有戴头盔，头部汩汩地流着血，身旁还散落着一大束鲜红的玫瑰。

有人赶快叫了救护车，有人连忙打电话报警。越野车的司机显然吓坏了，在一旁不停地小声嘀咕："他速度太快了……突然窜出来，我来不及反应……""怎么能走逆行？太危险了……"这时，众人才注意到，这个骑摩托车的男子，确实占用了机动车道逆向行驶，而这显然违反了交通规则。

突然，一阵哭声打破了沉静，一个女孩发疯似的冲进人群，抱起男子泣不成声：“你怎么这么傻？我不要惊喜、不要玫瑰花，只要你好好的……”

众人拉开情绪激动的她，纷纷劝说：“还是不要轻易触碰他，以免流血过多，伤势加重。救护车很快就来了！”

女孩瘫坐在地上，伤心地抽泣。经过询问才知道，受伤的男子正是她的男朋友。就在一个小时前，男友还打来电话，说要在七夕节送给她一个惊喜。女孩的工作单位就在附近，离出事地点不过两分钟的距离。可能是男孩太急着想见到自己的爱人，所以才骑摩托车抄近路、走逆行，不惜把速度开得飞快，最终却变成了一场悲剧。

警察和医生很快赶来，他们告诉女孩，伤者的伤势很严重。大家合力把男孩抬上了救护车，却在他的身下，发现了一个精致的小盒子。女孩只打开看了一眼，眼泪就又立刻汹涌而出——盒子里面装的，竟是一枚闪亮亮的钻戒！

“该不会是想在今天求婚吧？”

“本来是一桩喜事，现在却成了这样子……”

“唉……实在太可惜了！”

在众人的叹息声中，女孩泣不成声地跟随上了救护车，男孩却依旧昏迷，生死未卜。救护车响着令人揪心的声音走远了，只留下目睹这一幕的人们还在原地唏嘘不已。

站在我身旁的一位阿姨摇摇头，感慨地说：“这孩子太傻了，为了约会，就连自己的安全都不顾……”**其实她哪里稀罕什么玫瑰花和钻戒呢？一个健康平安的自己，才是送给对方的最好礼物啊！**

2.

朋友的妹妹结婚，我去参加婚礼。新郎新娘相爱多年，恋爱过程十分不易。如今终于修成正果，大家纷纷送上祝福。

婚宴上，新郎或许是太高兴，全程都在和一群好友拼酒。他干了一杯又一杯，几近宿醉。一旁的新娘面露不悦之色，可是各种暗示提醒、旁敲侧击，竟然全无效果。

最后，新娘干脆直接抢过他的杯子，压低声音说：“别再喝了，注意身体！”

他的那些“哥们儿”却在一旁煽风点火：“嫂子，兄弟们这么长时间没见面，今天又是这样的场合，就多给他留一些空间！从明天开始，他再归你管！”

“可是，他的胃病这么严重，不能多喝酒……”

新郎赶紧打圆场：“亲爱的，咱们今天结婚，我高兴！你就别拦着了，我自有分寸！”

听到新郎这么说，新娘才稍稍安心了一些，和家人退到别的房间休息。天色已晚，其他宾客也都陆陆续续告辞。

第二天，我向朋友打电话问候，感谢新郎新娘的热情招待。没想到，她却一语惊人："别提了！昨天我那妹夫喝酒喝到胃出血，在医院折腾了一晚上，我妹妹都气坏了！"

原来，新郎觉得大喜的日子，如果自己不多喝些酒，会弄得很没面子。再加上对自己的酒量有足够的信心，别人劝酒他也毫不推辞，悉数一饮而尽。就这样，酒越喝越多，直到家人听到异常的声响，跑去包厢一看，他已经醉倒在地，不省人事了。那脸色煞白、嘴唇发青的样子，让所有人都慌了神！

新娘吓得脸色如一张白纸，连礼服都来不及换，就手忙脚乱地把他送到医院。医生诊断，是酒精引起的严重胃出血，需要马上手术治疗。新娘在病房外面站了一夜，眼睛肿得像个桃子，全然没有了新婚的喜悦。

"我这妹夫，太不懂得爱惜自己的身体了！新婚之夜就住进医院，这也真是奇谈了！我妹妹一再说自己看错了人，气得想马上跟他离婚呢……"

最后她叹了一口气："唉，说真的，一个大男人，连自己都照顾不好，还要让妻子跟着提心吊胆。妹妹嫁了这样一个人，我们这些家人，又怎么能够放心得下呢？”

一个男人的责任感，最初的显现，是从懂得珍惜自己的身体开始的。有多少男人吸烟、喝酒、熬夜，肆意地透支自己的青春，如花花公子对待金钱一般地挥霍无度？又有多少男人未及中年，就开始头发掉落，小腹突出，身形走样，满是油腻，体态犹如步履蹒跚的苍老大叔？

平时劝他少喝酒嫌你唠叨，平时劝他少吸烟嫌你烦，每次外出应酬都会喝醉酒，每时每刻都让人担心不已。等到身体真的出现问题，住进了医院，却不得不让爱人打乱所有的生活节奏，放下一切来照顾自己。

哪个姑娘不希望自己嫁一个靠谱点的男人？

可如果，他连自己都照顾不好，又拿什么保护最心爱的你呢？

3.

曾经听过一场演讲，演讲者是一位 26 岁的女孩。

她告诉大家，自己疑似患上了卵巢癌，所有观众都一下子惊住了。眼前的她，阳光、漂亮、事业有成，年纪轻轻就成为了投资人，无论是生活还是事业，都处在全面上升期。

一切没有丝毫预兆。只因为一次工作时腹痛晕倒，被送到医院，检查后便被医生告知：腹部有明显包块，血液中癌症标志物高出正常人六倍。她听到这个消息，有如晴天霹雳。

事后，她心痛地回忆：自己的生活习惯不好，工作太忙，常常为了工作熬夜到凌晨两三点钟，近一年以来都没有在晚上 12 点之前睡过觉。

演讲中，她提起自己心爱的人，一双眸子里闪着亮光："我有特别喜欢的人，他像太阳一样闪闪发光，他帅气、内敛、幽默，他是一切美好的代名词。我一直想，我要足够努力，我要让他看到，有这么一个优秀的女孩喜欢你……"

可是接着，她整个人都黯淡了下去："但是，我很庆幸，他没有选择我。否则，我可能不会陪他很久。"

32 岁的复旦大学女教师于娟，因为乳腺癌去世。被诊断患上癌症的时候，她刚刚回国参加工作三个月，年幼的儿子，才刚刚学会叫"妈妈"。

她是海归、博士、大学优秀教师，自恃身体健康的她，怎么也想不到，年轻的自己，会和"癌症"产生联系。经过两年多的顽强抗争，她还是去世了，只留下了深爱她的丈夫和年仅两岁的孩子。

她曾经反思自己的生活习惯："后悔十年来，基本没有 12 点之前睡过觉……与此同时，聊天、BBS灌水、蹦迪、K歌、保龄球、吃饭、一个人发呆，填充了没有堂而皇之理由的每个夜晚，厉害的时候通宵熬夜。”

“在生死临界点的时候，你会发现，任何的加班、给自己太多压力、买房买车的需求，这些都是浮云。如果有时间，好好陪陪你的孩子，把买车的钱给父母买双鞋，不要拼命去换什么大房子，和相爱的人在一起，蜗居也温暖。”

曾有朋友对我直言：“我熬夜是因为要工作，我喝酒是因为要应酬。归根结底，是因为我爱家人，想让他们过上更好的生活，更有尊严地活着。所以，我不得不熬夜，不得不应酬！”

可是，如果去医院的重症病房走上一圈，你就会发现：这个世界上最没有尊严的事，从来都不是没房子、车子、票子。

真正没有尊严的事，是疼痛阵阵来袭、刺骨钻心，所有的人却都束手无策、无药可医，只能日复一日，坐以待毙；

真正没有尊严的事，是美食当前、佳偶在畔，却食不下咽、寝不安眠，回想着曾经对身体的恣意挥霍，追悔莫及；

真正没有尊严的事，是有一天卧病在床无法动弹，身体手脚不听使唤，就连吃喝拉撒，都要借用他人之手的耻辱感；

真正没有尊严的事，是病魔如刀俎，我身如鱼肉，意志慢慢消磨殆尽，却求生不得、求死不能的无力绝望感。

人生的赛程，不是只拼速度的百米冲刺，而是马拉松般的细水长流。生命要比我们想象中脆弱得多，所有用健康换来的东西，任凭谁人，都不能消费得起。

人生如戏。

可如果演到一半就没了主角，就算前半部分再缠绵悱恻、再扑朔迷离，到最后，也只能变成一部草草收场的烂尾剧。

4.

一个闺密和我说，她选择另一半的标准，除了彼此情投意合，对方还不能吸烟、不能喝酒、不吃垃圾食品。要身材标准、坚持锻炼，最好能有六块腹肌。每天晚上十一点前入睡，每周至少两次清洁房间。

我和她开玩笑："你这哪里是在找老公？简直是在招募宇航员啊！"

可是仔细想想，她的话虽然有些苛刻，但也确实有一些道理。有房有车，未必就是能力的证明，用物质的东西去体现自己的价值，未免显得太过俗气。苗条的身材、健康的体魄、严格的自律，才是一个人真正的核心软实力。

这世间繁华似锦，林林总总。自以为呼朋唤友，叱咤一生。

却不料，有天一病不起，从此缘来缘散，看尽白眉与赤眼。最后，

还是要由至亲与挚爱，流着眼泪，为自己的生老病死埋单。

最好的爱情，从来不是风花雪月、甜言蜜语，而是执子之手、与子偕老，陪你看遍山高海阔、细水长流。

没有健康的身体，海枯石烂就是自欺欺人，厮守一生就是痴人说梦。

再多的海誓山盟，也是虚空。

若真爱她，倒不如只在耳畔呢喃一句："我会为你，一生保重。"

千万别小瞧一个长得好看的女人

1.

闺密在一家大公司做 HR（人力资源），那天我去拜访她时，她正在筹备一场面试。

我等她的时候有些无聊，便顺着走廊开始踱步。不经意间来到面试的等候区，看见那里坐着两个年纪相仿的女孩子。

其中一个身材苗条而挺拔，身穿套装短裙，脚踩一双高跟鞋。长发利落地梳在脑后，画着淡淡的妆。一眼望去，就知道是一个美女。而另一位女孩则长相普通，只穿着休闲装和运动鞋，相比之下，外形逊色许多。

我觉得好奇，便在面试结束以后问朋友："两个女孩，准备录取哪一个？"

她随口回答："比较瘦的那个啊。"

我笑："果然不出所料。你们这些 HR，就知道以貌取人。"

她放下手中的材料，看了我一眼："以貌取人有什么不好吗？能够进入最后一轮筛选的，学历、成绩、证书之类的硬件，一定都不会太差。在同等条件下，如果颜值再高一些，一定会是一个加分项。

“况且，如果一个面试者，懂得把自己打扮得漂亮得体，那么她在自我管理方面的能力也一定比较强。以我的经验，这样的人，自我期待值也往往比较高，在工作上更容易做出成绩。”

这让我想起，杨澜在回忆自己的求职经历时曾说：“没有人有义务透过你邋遢的外表，去发现你优秀的内在。”

看到街上有美女走过，在多瞥几眼之余，姑娘们也总会安慰自己：“外表不美没关系，只要我的内在比她美、实力比她强就行了。”

可是真的如此吗？

一个更加残酷的事实是：那些外表很美的女孩子，实力也往往差不到哪里去。

2.

我那位做 HR 的闺密，自己本身也是一个美女。

她的五官虽然不算特别精致，但身材苗条、穿衣有型，眼睛里总是闪着奕奕的神采，讲话掷地有声，思路严谨清晰。她独特的气质，是放在人堆里一眼就能被发现的那种。

当初她毕业时，以本科生的学历，来到这家公司应聘。要知道，和她竞争的，清一色是硕士和博士。让人意外的是，她最后居然过关斩将，成功拿到了 offer（录用通知书）。

入职以后，她很快度过了试用期。面对巨大的工作压力，她依然能保持从容不乱。再复杂的工作，她都能迅速抓住重点，快速拎出一条主线来。有几次我们聚会的时候，她还在同时处理工作。不得不承认，全神贯注时那认真的脸庞，是一个女孩最美的样子。

有段时间，她要参加一个资格考试，每天下班回家就直接关掉手机，把自己关在房间里，谢绝一切活动邀约。但无论多忙碌，她每天都会坚持跑步；睡前绝不忘记边敷面膜边听英语；晚上十一点，准时上床睡觉，坚决不给黑眼圈一丝一毫的机会。别人备考都是天昏地暗、面容狼狈，可她最后不仅顺利通过了考试，还越发皮肤光洁，身材紧致。

出去吃饭，她碗里的食物总是那么一点点；除了低脂牛奶和鲜榨果汁，其他饮料坚决不碰；过了晚上七点，就算再饿也不吃东西——无论别人再怎么劝，也不会打破她的这些原则。

有句话说：长得漂亮是优势，活得漂亮是本事。

但那些能够对自己狠下心的女孩子，总是可以既占优势，又有本事。

3.

那天坐地铁上班，听到有个小姑娘举着手机，愤愤不平地和一旁的同伴说：“现在这些网红，只不过身材瘦点、眼睛大点、头发长点。什么也不用做，竟然也能年入千万。”

可很多女孩不知道，美貌也是一种经营，想要持续地变美，背后也要花费别人坚持不来的时间和努力。

而我们，一边嫉妒着她们的美貌和身材，一边却窝在沙发里，把各种高糖、高热量的食物，不停地往自己嘴里塞；一边羡慕着女神们的皮肤吹弹可破，另一边却连妆都懒得认真卸一卸。直到肚腩越来越大，脂肪把脸撑到变型，还在口口声声地抱怨：“这个社会世风日下，只对美女和瘦子有所垂青。”

电影《女人不坏》里，张雨绮质问老板：“你到底是看重我的能力，还是美貌？”

老板轻描淡写地说了一句：“美貌，就是你的能力。”

以貌取人，有时候是有一定道理的。因为那些得体的外表之下，深藏的不仅仅是美，更是对自己的不放纵、不妥协，和不达目标誓不罢休的死磕精神。

所以你会发现，那些年龄增长却体重下降，几十年如一日保持苗条身材的女人，在事业上也能风生水起；时刻保持妆容精致，不肯流露一丝疲态的女人，在生活中也能够井井有条、充满乐趣；在食物面前学会选择，懂得放弃，可以经受住各种诱惑的女人，往往也能够拥有理想的爱情和婚姻。

因为自律和坚持，早已经成为她们性格的一部分。她们知道自己想要成为的样子，以及必须为此付出何种程度的努力。

让自己变美，并不是谁都能够拥有的才华。颜值在很多时候，甚至可以直接转化为生产力。

4.

也许，你的身边也会有那么一两个人：她们天生五官精致，堪比希腊神像；或是天生身材曼妙，有如芭比娃娃。

但是，一切终归只是起点。起点再高，不去用心维护，最后的结果，也一定是“泯然众人矣”。生而美丽并不是一件难事，难的是能在往后的几十年岁月里，把这份美丽一如既往地保持下去。

一个人的外表，往往可以折射出她一段时间的生活质量，不妨时常在一面穿衣镜前站定，用心审视镜中的自己——

大油田、黑眼圈、水桶腰，还未来得及开口，懒和馋就已经把你的软弱意志出卖。如果连少吃一口饭、按时放下手机这样的小事都无法控制，又凭什么让人相信，你拥有足够笃定的强大内心和不同凡响的出色能力呢？

五官普通，就学画淡妆扬长避短；皮肤不好，就调整作息早睡早起；身材不好，就丢掉零食捡起运动；发质干枯，就再也不要任由染发剂摧残自己。想提升气质，就去多读点书；想增加内涵，就多听听古典乐……所有的改变，不会需要太长的时间。

美丽是一种状态，而变美却是一场修行。

纵然，所有的容颜最终都会归于苍老，但岁月却永远无法掩盖，那双清澈澄明的眼睛。

千万不要小瞧一个长得好看的女人。

因为无论是外表还是内里，无论是工作还是生活，先掌控自己的女孩，才能掌控住生活的全局。

你过得不好，是因为爱买便宜货

1.

认识一个姑娘，长得漂亮爱打扮，每天都要换套衣服，几乎一个月不重样。包包、鞋子、帽子、太阳镜……她的每一种配饰，都有许多不同风格的搭配。

有一次，我们相约一起出门。在地铁车厢里坐下的一瞬间，只听一声响，她的裙子裂开了。当时的场面非常尴尬，又没有地方换衣服，我只能用自己的大背包帮她一路遮挡。

那条裙子是她新买的，就在前两天，她还高兴地向我展示呢。当时我就告诉她："裙子的质量不过关，还是找商家退换吧。"她却回了一句："算了，网上 30 块钱买的，换来换去还不够邮费……认倒霉算了。"

后来我把她带到附近的商场，好让她买一条新裙子换上。挑来挑去，她还是选了一条最便宜的，价格 200 多元。一路上，她不停念叨："商场里的衣服真不值，要不是急着换，我才不会买这么贵的裙子呢！”

我劝她说：“衣服还是要买贵一点的。你都已经工作了，工资也不少，何必只买便宜货？买东西图便宜，万一遇到今天这种情况，多尴尬啊！”

她撇撇嘴：“商场一件衣服的价格，够我在网上买十多件了，可以不重样地穿十天。当然是买便宜衣服更划算啊！”

我这才发现，她爱买便宜货，不是因为没钱，而是在有限的经济范围内，想要占有更多数量的物品，以此获得内心的满足。

前不久，那位姑娘结了婚，可这样的习惯仍旧没有丝毫改变。

每次见面，她穿的衣服从面料到款式，都会透出一种廉价感。一件衣服穿不了几次，就褪色、变形、起球，一双鞋子才穿几星期就会开胶、掉底。

每次出席正式一点的场合，她都会抱怨自己没有衣服穿，然后就又去网上淘来更多的便宜货。所有的钱都用来买了廉价的衣服和生活用品，并且沾沾自喜，以为自己节省。可事实上，她却几乎花光了每个月的工资，成了月光族。

她总会和我抱怨：“我这份工作太差劲，工资好几年都不涨了。每个月买完衣服就花光了，现在的物价也太贵了！

“别提我老公了……没本事，不会挣钱。生活压力这么大，想多买几件衣服都不够花。

“我婆婆太自私，退休金这么高，也不知道帮衬着我们……”

她总是在不停地买买买、换换换，可生活质量却从来没有变得更好。便宜东西没用几天就坏了，但她舍不得扔，放在家里堆积成山。生活的空间越来越狭小，她的心情也越来越烦躁，和家人的争吵也越来越频繁，最终把生活过成了一地鸡毛。

我们从小就被教育要勤俭节约，以为无论什么东西都只选那个最便宜的，只要能凑合着用就行了。

但事实上，便宜的东西，往往才是代价最大的。

人啊，要么把日子过得越来越好，要么把日子过得越来越差。那些自以为省钱的方法，却常常把我们的日子变得混乱且廉价。

那些敢于送给自己最精致东西的女孩子，才拥有把日子过得越来越好的能力。

2.

其实我也曾经和她一样，买东西喜欢货比三家，一定要挑到最便宜的那一个，追求所谓的“性价比”。

每到大减价的时候，就从超市搬回一堆促销商品，回来后随手塞在家里的某个角落，然后抛之脑后。直到再次发现时，商品早已过期变质，甚至连自己都忘记了，究竟是什么时候把它们买回来的。

总觉得商场里的衣服太贵不划算，贪图网上价格便宜，一次性下单好几件。为了凑够邮费，往往还要添上几件并不需要的。可是到了出席重要场合的时候，却发现自己满柜子的衣服，竟然没有一件可以撑住场面的——但为了选择那些价格最便宜的东西，却花费了大量时间在网上搜索。最后，还为了省下几块钱而沾沾自喜，却没想到耽误了很多正事，最后只能熬夜加班继续未完成的工作……

记得刚上大学时，需要买一部手机。自己平时不玩游戏不爱自拍，就只打个电话、发个信息，所以想着，只买一个最便宜的就行了。

可是那部手机没用多久，系统就开始变得缓慢卡顿、经常闪退，电池也无法正常待机，一会儿电就耗完了。我跑维修部不下七八次，但问题都没有得到解决。爸妈都劝我，换一个好点的手机，可我还是不舍得，依旧买了最便宜的那一款。

大四毕业前夕，我的手机又犯了老毛病，经常毫无预兆地自动关机。但由于那段时间很忙，我也没有及时去修理。

直到一次，我参加了一个心仪的岗位的面试，当时自己信心满满，面试官也当场对我流露了赞赏之意。可是一个月过去，却仍然没有接到下一轮面试的通知。我心里纳闷，又有些不甘，于是主动打电话过去询问。

接电话的，正是当初那位面试官："我们本来对你很满意，可是好几次打电话过去，你都是关机。招聘期限时间紧张，不能耽搁，我们只好通知了候补人选。”

我的心情，如闪过晴天霹雳。马上意识到，一定是我的手机误了事，让我错过了这份喜欢的工作，真是追悔莫及！

后来，一个朋友买了一台售价几万元的高端电脑。他的经济条件和我差不多，在我看来，这简直是一个不可思议的举动。

我问他：“这电脑比别的牌子贵那么多，同样的价格，如果买其他品牌，可以买到非常高端的配置了。何不买性价比更高的品牌呢？”

他回答：“其实从配置上，真的看不出什么差别。但是这电脑系统稳定，几乎不会中毒，用很长时间都不会变慢，就连硬件都相当耐用……想想为此节省下的重装系统时间和一笔笔维修费用，已经是相当值得了！”

其实生活中，哪里有那么多的便宜可占？贵的东西，自有贵的道理。

智慧的人，绝不单单以一件物品的价格去衡量它的性价比，因为他们知道，很多重要的价值，是隐藏在物品背后的。**那些曾经贪过的便宜，早晚有一天，会让你以另一种方式，加倍还回来。**

正如茨威格的那句名言：“她那时候还太年轻，不知道所有命运的馈赠，早已都暗中标好了价码。”

3.

看了日剧《我的家里空无一物》，就有一种抑制不住的，想扔东西的冲动。

女主人公原来生活很邋遢，屋子里堆满了各种废品和杂物。客人来了就把客厅里囤积的东西临时搬到卧室，客人走了，再悉数搬回来。她的房间里堆满了各种漫画、衣服、零食……就连做作业时，一支能用的笔都要找好久，等到真正开始学习，早已筋疲力尽了。

直到有一天，大地震突然来袭，她才恍然发现，自己囤积了一屋子自以为十分必要的东西，可在关键时刻，竟然全都毫无帮助。死里逃生后的慌乱时刻里，她甚至连一瓶水都找不到，何况是那些很久没有打开过、装满了各种过期物品的箱子呢？

于是，她开始清理周围的环境，除非是真心喜爱的东西，否则必定扔掉或者捐赠。她开始审视自己的内心，每一件物品，都要经过精挑细选，能留下来的，无一不是心中挚爱。慢慢地，她整个人都变了，变得清爽、从容，变得更加有条理。她也越来越热爱简单的生活，越来越喜欢这样清爽纯粹的自己。

泰戈尔在诗中说："有一天早晨，我扔掉了所有的昨天，从此我的脚步就轻盈了。"

想买的东西太多，究竟是真的需要，还是欲求不满？

很多人都知道自己"想要什么"，但知道真正自己"需要什么"的人，实在太少太少。持有的东西越少，才会知道什么是真正的重要。

很多时候，物质上做减法，心灵上才能做加法。所有东西都想拥有的人，才真正暴露了自己内心的匮乏。

4.

真正内心强大的人，思考问题的主语永远是自己，时间永远是当下。他们评价一件物品的标准，不是"这个东西好便宜""这个东西还能用"，而只是自问：这件东西到底需不需要？那件物品到底喜不喜欢？

当有一天通过自己的努力，赚够了钱，买一件自己真正喜欢的东西回来，那种让人幸福的满足感，是无论多少便宜货也换不来的。

我们不需要怀念昨晚的咖喱，也没必要囤积明天的面包。真正享受的应该是今晨的阳光，和现阶段的自己真正需要的东西。

一个人生活得如何，从来不是取决于物品数量的多少，而是要看生活品质的高低。

每一口食物不要贪图便宜，因为它们滋养了你的身体；每一件物品不要贪图便宜，因为它们搭建了你的生活。

你爱买便宜货，你的生活就会变得廉价。如果连自己都能随随便便地凑合着用一件东西，那么别人，也会用随随便便的态度来对待你。

敢于给自己值得的，留下自己所喜欢的。尘世纷芜，诱惑不减，经过挑选后留下的一切，才更加值得去珍惜。

择一城终老，遇一人白首。

凡是最好的东西，都不需要太多。

她做的不是饭，而是爱呀

1.

那年在新加坡旅行，我们住的酒店下面，就有一间独特的中餐馆。里面地方不大，装修也不怎么豪华，可是每天店里的客人总是络绎不绝，很难找到座位。

有天和朋友去吃饭，一走进店里，老板就热情地迎上来。他仔细地询问了我们的口味，用笔细心地记着，还推荐了几道招牌菜。

我们并不是很饿，就随便点了几道菜来尝鲜。菜摆上桌子，卖相很是可人，色泽鲜艳，香气扑面，让人一下子就有了食欲。

尤其是那道麻婆豆腐，每一块都大小均匀，莹白如玉，配上红嫩嫩的汤汁，煞是好看。放进嘴里一块，舌尖立刻有了一种奇妙的感觉——麻而不烧，辣而不灼，豆腐爽嫩滑利，有一番独特的鲜美。尝过一口，心里的幸福指数就会瞬间飙升。

那时正是用餐高峰，店员们全都忙里忙外。而老板也并不闲着——端盘子、点菜、帮带小孩的客人安排宽敞的座位。等到客人们开始用餐，他还是不肯休息，在店里挨桌走动，询问客人们对菜品的意见。

我对麻婆豆腐情有独钟，便问老板："这豆腐的口味，和我以往吃过的全都不同，究竟是怎么做的？"

老板笑起来，眼角堆满了鱼尾纹："我们的豆腐，都要事先用鸡汤煨过一遍的。"

他的脸突然有些红："其实，我的妻子很喜欢吃川菜，却又对豆腐中的卤水味十分敏感。为了让她吃得高兴，我试过很多种方法，却都不是很满意。最后，我终于想到，先把豆腐放在鸡汤里细煨，既可以有效地去除异味，又可以充分吸收鸡汤的鲜美。我试着做了一次，老婆吃了，果然赞不绝口。"

后来，店老板把这种方法推广到餐馆的菜式中，果然大受欢迎。一道常见的菜式，就这样成了被点得最多的招牌菜。

其实，所有的烹饪技巧，在诚意面前都显得不那么重要。只有满怀诚意的厨师，才能让平凡的食材幻化出奇迹，经由食者的味蕾，把温暖融化在对方心间。

爱你的人，才愿意花费心思与时间，寻遍各种方法，反复尝试，不断改良。只为了换来食物入口的那一刻，你露出的满意笑容。

2.

亲戚家的小妹是家中独生女，从小娇生惯养。她觉得，做饭简直是天底下最麻烦的事。

每天早上，要一早起床，挤菜市场，趁着新鲜买好所有食材。然后，还要清洗拣择、又切又剁，下锅一炒油烟四溅。在厨房里忙活几个小时，吃起来只需要十几分钟，还有比这更效率低下的事情吗?

可是不久前，她却突然向我讨教起做饭方法来了。从怎么挑选芹菜、如何处理茄子，一直到各种调料的比例，事无巨细。

我望着她一反常态的样子，问:“快说，是不是谈恋爱了？”

她的脸唰地一下子红了，轻轻点点头，又反问我：“你是怎么知道的？”

我笑着答:“还有什么能比爱情更让一个姑娘愿意钻进厨房呢？”

小妹告诉我，起初每次约会，他们俩都下馆子。可是时间久了，就渐渐吃腻了那些千篇一律的菜肴，以致连期待中的约会，都变得索然无味起来。

后来，她被一档美食节目吸引，看到就连大明星们也全都洗手做羹汤，费尽心思做出各种佳肴，只为送给最爱的人品尝。于是，她也开始尝试做饭，下载了食谱，买好了炊具，选购了所有的食材。

可谁知，做饭远没有想象中那么容易。

蒸米饭，水放太多，最后变成了一锅黏粥；炒素菜，火开太大，一盘青菜软软趴趴。青椒肉丝，一下倒进半瓶酱油，整道菜瞬间改变了肤色，好像刚从赤道附近旅行了一圈回来。

菜盛出来，她尝了一口，皱皱眉想要倒掉。谁知，他却拦了下来，抱着一碗米饭，把所有的菜都扫荡精光。

看着自己做的菜，她觉得难以下咽，几次举起了筷子又放下。于是有些难为情地对他说："不好吃，就不要勉强了……"

他却笑着答："你花了这么多心思和时间，这做的哪里是菜，分明全是对我的爱呀。这种爱摆满了一桌子，我又怎会吃不下呢？"

这世间最好的爱，是她从小娇生惯养，却肯为你换上一袭粗布，绾起一头青丝，不惜沾湿纤纤素手，不顾染上缕缕油烟。

这世间最深的情，是她游遍山川湖海，却肯为你躲进一处陋室，囿于一间厨房，两耳不闻窗外事，一心洗手做羹汤。

重要的，不是吃什么，或者味道怎样。你们相守在一起，剥一地葱皮，满屋子热气，才是这个世界上最温暖的爱情。

3.

日剧《深夜食堂》里，给人印象最深的，还是那一碗黄油拌饭。

穷困潦倒的五郎先生，常常来这间小食堂进行弹唱表演，换来老板招待的一碗黄油拌饭。就连著名的美食评论家，都被他郑重其事享用拌饭的样子所打动，禁不住诱惑，也点了一碗。

美食家发现，那位五郎先生，原来就是姐姐早年的恋人。他们三人经常在一起玩耍，因为经济拮据，姐姐常常只做一碗简单的黄油拌饭，三个人分食，却能甘之如饴。

可惜后来，因为家人的反对，两个相爱的人最终没有在一起。五郎先生终生未娶，美食家的姐姐也终生未嫁。当年热爱音乐的青年才俊，如今已是垂垂老矣；就连当初还是一个涉世未深的孩子的美食家，如今却也斑白了两鬓。

多年以后，曾经那么熟悉的两个人并排坐在小店里，一边吃着黄油拌饭，一边回忆着往事，老泪纵横。命运弄人，若不是因为一碗黄油拌饭，两颗失散的心，可能永远再不会相见。

美食家尝尽天下珍馐美馔，那味道，却总不及一碗简单的黄油拌饭。

食物果然具有天生的魔力，当它和一份感情联系在一起，作用就不仅仅是填饱肚皮，还能让那份回忆和感动荡漾在心间。

所谓的爱情，又何尝不是一碗简单的白饭，只要有人愿意为你稍稍加上一抹黄油，你们的世界，便从此变得独一无二起来。

4.

如果一个女孩愿意脱掉高跟鞋、卸下通勤妆，走进厨房甘当你的田螺姑娘，那么请一定好好珍惜。

巧妇难为无爱之炊。她用心烹出佳肴美味，不是为了俘获你的胃，更不是想要拴住你的心。只因她对你的那份热爱与真挚，非美食不能展现得淋漓尽致。

饮食对于我们，绝不仅仅是一箪食，一瓢饮。它更是一种心灵上的满足和一种情感上的慰藉。

我愿意陪你烹出人间百味，尝遍世间苦辣酸甜。纵使世界给你以痛苦，我却依然愿意用食物的余温，抚慰你那颗伤痕累累的心。

因为爱，从此熟识杂粮与五谷。

因为爱，从此关注四季和时蔬。

爱与生活，丝丝相连，所有的一切，全藏在一蔬一饭之间。

炊烟袅袅，才是家。

烟火袭袭，才是人间。

穷，真的不是因为没有钱

1.

一个在企业工作的朋友给我打电话，说想学习 PPT 制作，让我推荐几本实用的书籍。我很高兴，放下电话就给她列了一个书单，从入门到进阶，依次标注好阅读顺序，很快就用邮件发了过去。

半晌，她回我："你列的这些书，有没有电子版的？"

我回复："有啊。"于是从网上找到电子书的链接发送过去，她那边就再也没有回音了。

过了几个月，我又见她。闲聊中问起："PPT 学得怎么样了？"

她回答："还没开始看呢。"

我惊讶地问："你不是很想学吗？上次你还和我诉苦说，被领导批评，就是因为 PPT 技能不过关呢。"

她显得很委屈："我网上一搜，你列出的那些书，都不便宜。本来以为你那里会有免费的电子版，没想到发给我的链接也是收费的。好几个晚上，我都在网上找免费资源，可惜只找到了一本。其他的书，只能等年底打折的时候再买了。”

我问她：“找到那本免费的，你都看完了吗？”

她摇摇头：“别提了……字迹不清晰，还有很多错别字。我只读了几页，就看不下去了。”

我掏出手机，在网站上找到那几本书，加购物车、手机支付，全过程只用了几分钟。当我告诉她，明天等待收货的时候，她却瞪大眼睛反问我：“你怎么这么浪费钱？这几本书都不便宜……不是我买不起，而是真的没必要……等打折的时候买就可以了！”

我无奈地笑笑，环顾了一下她住的地方。一间出租屋里，被各式各样的廉价衣服塞满，几十块钱的包包、鞋子，在屋子里扔得到处都是。就在前段时间，她还跟我抱怨工资低、生活压力大、升职没机会。当时我就很奇怪，一个工作五六年的单身女白领，每月的收入至少也有上万块，怎么竟会生活得如此狼狈？

现在，我明白了。她是把钱都花在了廉价的快消品上，却不愿在自己的能力提升上多投资一分钱。

一本几十块钱的书籍，认真学习之后所带来的回报，又何止它原本价格的十倍、百倍？为了省下那几块、十几块钱，花好几个晚上去寻找免费资源，甚至耗费几个月的时间去等待打折活动，这期间，又会浪费掉多少本应提升自己的时间，错过多少知识本身产生的价值?

有时候，越是想省钱，就越是怕花钱。精打细算的结果却是越来越穷，最后甚至连产生改变的机会都失去了。

2.

一个做金融的朋友，开豪车、买奢侈品牌包包，穿各种昂贵品牌的衣服和鞋子。她总是不停地买买买，大家都觉得她有些爱慕虚荣，却没人说什么——毕竟她的工资足以支撑这样的高消费。

最近，某品牌号称史上最贵的智能手机上市。消息一出，她就立马预订了一部，成为了第一批拿到这款手机的人。聊天时我问她："这款'最贵的手机'，用起来感觉如何？"

她笑笑说："感觉不错。但你就不要买了。"

其实，我原本就没有换手机的打算。但听了她的话，心里还是难免有一点不愉快。

见我不说话，她仿佛猜透了我的心思："我知道，你如果想买，也是完全能够买得起的。我只是觉得，它的功能和价格不成正比，这钱花得不值。"

我疑惑地问她："既然不值，那你为什么还要买？"

她看着我，认真地说："你要知道，我去见客户，那一双双眼睛，可都是紧盯着我的。他们会看我用什么型号的手机、背什么款式的包包、穿什么牌子的衣服、戴什么价位的手表，然后以此判断我和我公司的实力。”

“换句话说，我买这些东西不是为了消费和享受，而是在进行一种必要投资。它们会在客户面前帮我开口说话，旁敲侧击帮我把生意做成，从而给我带来更大的回报。”

她的话颠覆了我长久以来的认知。

作为一个每天和钱打交道的人，她非常懂得理性消费的重要性。“为了享受”“为了面子”……这些消费理由，在她的字典里压根就没有存在过。

辛辛苦苦赚来的钱，每一笔应该怎样花，她有着非常合理的规划。在每一次花钱之前，她都会评估在这件事情上的投资和回报。只有符合未来升值预期的，她才会选择购买。

美国石油大王洛克菲勒曾有一段妙语：“如果把我身上的衣服全部剥光，一分钱都不剩，然后把我扔到沙漠里去。这时，只要一支商队经过，我就会重建整个帝国。”

有些人越来越富，有些人越来越穷。有些人穷了还能再富，有些人富了还是会再穷。

其中的分别，不在于拥有多少钱，而只在于思维的不同。

3.

一位亲戚家的老人生了病，在医院做了手术，出院后身体仍旧虚弱，需要有人在身旁照顾。

他的一双儿女商量着，想给老人请一位专业点的护工，照料日常饮食起居。

没想到，老人却坚决反对，说自己都有两个儿女了，哪里还需要什么护工？两个儿女苦口婆心地劝说，老人就是不同意，还生气地反问道："怎么？是不是我老了、生病了，你们就不想管我了？"

没办法，儿子和女儿只好轮流请假，整天累得筋疲力尽，工作自然也耽误了不少。

有次我们去看望他，老人吐露心声："其实我怎么不心疼孩子呢？我也知道他们累。"

"他们赚点钱不容易，给我做手术就花了不少医药费。好不容易我出院了，再给我请个护工，一个月又要扔给别人好几千元。这钱，花得太心疼了。"

可事实上，他的儿女们轮流请假，一个月扣掉的工资加起来，就比一个护工的工资还要多。不仅如此，儿女们还花掉了许多时间和精力，损失了很多隐形的资源。如果时间长了，影响了升职，造成的损失远远不止这几千元了。

平时，老人对自己的身体并不在意，抽烟、喝酒、暴饮暴食，儿女经常劝说，他却一意孤行。退休之后，女儿劝他每年去体检，费用由女儿来出。可他总是心疼那几百元的体检费，以致小问题酿成了大毛病。

曾经看过一项调查数据，中国和美国的中产阶级在健康方面的花费大体相等，都是每人 20 万元左右。但不同之处在于，美国人倾向于每年都有健康投入，平均一年 5000 元；而中国人，则多数都把这笔钱，花在了生命结束前的最后半年。

对于前者而言，健康更像是一种持续性的投资；而对于后者，健康更像是一种一次性的债务偿还。

“怕花钱”，永远是穷人思维的痛点。他们往往只看到眼前的一点利益，能少花就少花，能不花就不花，有了钱宁愿存起来，也不愿意投资在学习、健康等隐形的高回报项目上。

4.

曾经在网上看过这样一条新闻：一个高档小区的业主半夜开车回家，小区的门已经关上了。保安提出支付五元开门费，业主不同意，双方发生了矛盾。

保安说："能住这个小区的都是有钱人，连五块钱都不愿意出？这也太抠门了吧？"

业主的态度却很坚定："我回自己家是天经地义，怎么还要收费？物业费已经交过了，负责开门是你的工作，根本不是钱多少的事儿。"

令人惊讶的是，很多网友把矛头对准了拒绝支付开门费的业主，而不是乱收费的保安。

"现在的有钱人真是小气，又不差这五块钱，给他又怎么了？"

"有钱人都自私极了，保安工作那么辛苦，这点钱还跟他计较什么？"

似乎很多人都有仇富心理，就连社会规则都对富人们充满了严苛。似乎别人有钱，就应该请客吃饭一概全包；别人有钱，就有义务资助所有认识的人脱离贫困。

可是谁赚钱都不容易，那些看起来很有钱的人，背后也是要付出许多代价的。或许在你睡懒觉、逛街、追剧的时候，人家已经通过自己的努力，谈成了一笔价值不菲的大生意。

《欢乐颂》里的曲筱绡，身为富家女，却还在春节，别人都休息的时候，独自飞到国外谈项目。她跟邱莹莹传授生意经："做生意，就是一家一家上门去推销，低三下四给人赔笑脸，死缠烂打地磨人家。坐在家里等订单从天上掉下来的人，就只配每月拿两三千的工资混个温饱，懂了吗？”

作家蒋方舟曾写道：“社会看起来是仇富的，但仇富的本质是仇穷的。”人们都不愿意承认自己穷，所以才刻意地把富人孤立起来。

有钱，是一件很了不起的事情吗？在某种程度上是的。

在和平时代，除非遭遇特殊变故，一个人的贫穷命运，是完全可以摆脱的。大多数人，都能够凭借自己的努力来谋取更好的生活。因此在某种程度上，财富就是一个人能力和勤奋程度的象征。

电影《1942》中，张国立饰演的地主，因为闹饥荒而不得不和所有人一起逃荒。出逃的路上，他说了一句话：“我知道咋从一个穷人变成财主。不出十年，你大爷我还是东家，那时候咱们再回来！”

其实真正的资产，从来都不是钱。而是植根于脑海中的思维方式。

有些人，明明不思进取，却安慰自己贫穷可贵；

有些人，明明不求上进，却斥责他人有钱可耻。

只有正视贫穷，改变穷人思维，才有可能寻求改变，才能将自己真正从贫穷的泥淖中拯救出来。

单身时，把孤独磨成一把剑

1.

深夜，朋友拉着行李箱来投奔我，脸上还带着未干的泪痕。她抽噎着问我："要是现在就离婚，会不会太丢人？"

她这样问，是因为两个月前，我刚刚才参加过她的婚礼。他们俩相识刚刚一个月，对方就向她求婚，三个月后两人就举办了婚礼。爱情来的时候，总是如电光火石，挡也挡不住。可是真正生活在一起她才发现，两个人根本来自不同的星球：

她喜欢早睡早起，享受清晨；他却喜欢熬夜，然后睡到日上三竿。她喜欢在家追剧，不愿参加应酬；他却喜欢喝酒，无聚会不欢。她凡事自己做主，自己花钱自己赚，买东西再贵也不眨眼；而他却习惯依赖父母，连选哪双袜子也要犹豫半天。

结婚一个月后，男人在外喝酒宿醉，彻夜不归。她整整等了一夜没合眼，第二天两人就大吵一架。男人骂她管得太宽，说和她在一起失去自由。她找到婆婆哭诉，婆婆只说了一句："过不下去，那就离婚。”

她气得说不出话。也正是因为这一次的事情，她萌生了离婚的想法。

听她说完，我惊讶地问她：“他的这些生活习惯，还有你婆婆的态度，难道你在结婚之前就没有发现吗？”

她摇摇头：“我都快 30 了，大家都在催我结婚……我想着两个人还算聊得来，缘分总算到了。哪里还顾得上想这么多。”

“既然不开心，那就分开吧。”

她嗫嚅了半天，泪水又开始打转：“才结婚，就离婚。被人笑话不说，到时候又剩下我一个人，太孤单了……”

张震岳在歌里唱：思念是一种病——而孤单，又何尝不是呢？

只要一想起“孤单”这个词，大多数人都会和凄苦的画面联系在一起。两个人在一起相处习惯了，忽然回到一个人，多少会有一些莫名的伤感。

2.

认识一个姑娘，是某男明星的铁粉儿。前段时间，男明星在网上公布了自己的恋情，她整个人瞬间蔫了下来，伤心至极、食不知味，仿佛真的失恋一般。

她沮丧地和我说："我每天的寄托，就是听偶像的歌，追他的剧，只要一见到他的照片我就会心花怒放……可现在连他都谈恋爱了，叫我怎么办呢？"

忽然，她又变得气愤起来："真不知道那个女人好在哪，怎么配得上我家偶像？他们在一起不会幸福的！我也绝对不会祝福！"

那位姑娘大学毕业已经一两年了，每个月还在向家里伸手要钱。每天上班懒懒散散，下班就窝在沙发里看电视刷手机，最大的爱好是逛购物网站。她的身材有些胖，却从未好好减过肥，因为节食怕饿、运动怕累。她总喊着自己太寂寞，一心想找个玉树临风的男神谈恋爱，可惜至今未能如愿。

而那位偶像公开宣布的女友，则是一位颇具才华的女演员。她家境优渥，脸蛋标致，身材曲线堪比模特，不仅以第一名的成绩考进大学，还在 19 岁就捧回了电影节奖杯。还没毕业，就已经完全不靠家里养活，用自己赚来的钱背名牌包、开豪车。

在一个人还不具备一定实力的时候，根本就不配谈"孤独"。纵然会有心仪的男神，可人家又为什么要选择你呢？

爱情产生的前提，是两个人的势均力敌。爱情本来就是人际交往的一种，本质也不过是各取所需。如果有其中一方段位太低，这段关系一定不会太长久。

《欢乐颂》里的樊胜美，三十多岁还没有把自己嫁出去。她觉得自己拥有美貌，因此左挑右拣，希望能嫁一个有钱人，从此改变家庭的命运。认识曲连杰以后，她对曲连杰唯命是从，对方让她去陪应酬，她丝毫不拒绝，拼命喝酒喝到吐。最后才发现，对方根本没有付出真心，但自己也只能忍气吞声。

在有钱人的身边，美貌从来都不是一种稀缺资源。“樊胜美们”之所以不能如愿，是因为她们除了美貌，再也拿不出其他更加有说服力的资源。

弱国从来无外交。即使是最亲密的两个人，也往往是实力强的一方，才拥有更多的话语权。

在一个人实力不济的时候，千万不要幻想童话般的爱情。摩拳擦掌，百步穿杨，练成一番能让自己立足的硬本领，才是真正需要做的事情。

3.

那天偶然遇见一位大学同学，我问他最近过得怎样，他摇摇头，苦笑几声。

他说，自己大学期间没谈过恋爱，一直觉得很孤独。后来大学毕业，相亲认识了现在的妻子，想着对方还算温柔贤惠，就很快结了婚。在父母的资助下，他们交了首付买了房，婚礼也办得挺风光，他当时得意地想：自己是同学里最早成家的一个，不免有些沾沾自喜。

可是几年过去了，孩子出生、父母渐老。房贷、车贷、孩子的教育……全都压得他喘不过气。妻子全然不见了最初的温柔，经常为钱的事儿和他吵架。

“都说人的层次，毕业五年之后就能见分晓。现在才明白，自己在这五年的时间里，除了结婚、生孩子、还贷款，其他的事儿真的什么也没做。”

鲁迅在小说《伤逝》里说：“人必生活着，爱才有所附丽。”

你向往的爱情，是海誓山盟、花前月下；可真实的生活，却是柴米油盐、淡饭粗茶。开始还能有情饮水饱，后来仅存的一点新鲜感也跟着消磨殆尽。每天只为鸡毛蒜皮的琐事争吵，整个人全都在负能量里消耗。

爱情是强者含在嘴里的糖，不是弱者包治百病的药。

否则，等短暂的甜味儿一过，剩下的只有日复一日的消磨。

4.

电视剧《辣妈正传》里，孙俪饰演的夏冰快离婚了，想向领导请假，调整一段时间。她找到领导李木子说明来意，从神情到语气，都透着满满的失落。

可是李木子对她没有丝毫同情，而是非常不客气地对她说："人生四大事，生老病死，其中没有离婚这一项……你没有足够多的理由让我给你休假或者减压。"

夏冰说："我怕我会耽误工作……"

李木子依旧口气很硬："在这种情况下，你只有更加努力工作。因为再也没有人能给你和你女儿更好的生活保障……你真的应该好好感激我给你这个工作机会，否则，你今天只会更加沮丧。"

李木子的话听起来残忍，却一针见血点出了问题的本质。

"生""老""病""死"，才是真正的人生大事，根本没有孤独这一项。当一个人还挣扎在基本生活线以下的时候，"孤独"这个词儿，从根本上说，就是矫情。

5.

小说《爱玛》里，哈丽特问爱玛："你为何不结婚？你如此天生丽质。"

爱玛说："告诉你吧，我连结婚的想法都没有。我衣食无忧，生活充实，既然爱情未到，我又何必改变现在的状态呢。不用替我担心，哈丽特，因为我会成为一个富有的老姑娘。"

“而只有穷困潦倒的老姑娘，才会成为大家的笑柄。”

李冰冰找了一个比自己小 16 岁的男友，很多网友好心“劝告”，担心两个人年龄差距太大，更担心她将一片痴心错付。

但她却丝毫不放在心上：“我已经足够强大，强大到能掌控自己的感情，不惧失败。到今天，我承担得起这样一段恋爱所有可能的结果。既然这样，为什么不试一试呢？”

爱情不是买彩票撞大运，幻想着完美的另一半从天上掉下来。实力需要自己积累，缘分要交给上天。

四十几岁的李冰冰，已经强大到不惧怕任何感情上的失败。试问这样的人，又怎会因一时的孤独，而患得患失？

蔡康永说过：“15 岁觉得游泳难，于是你放弃学游泳，18 岁你喜欢的人约你去游泳，你只能说，我不会耶。18 岁觉得英语难，于是你放弃英语，28 岁有一个很棒但要求英语很好的工作，你只能说，我不会啊。”

现在不去强大自己，就算有一天男神站在了面前，也连走上去和他打招呼的勇气都没有。

单身的时候，时间是一种最宝贵的资产。今天打两个小时游戏，明天和几个朋友聚聚，后天再追两集电视剧……最后只能是把资产全都变卖成了零钱，三块五块，全在不知不觉中花了出去。

聪明的姑娘，根本就没时间在孤独里患得患失。她们每天都忙得很，在别人百无聊赖之时，她们早已默默脱胎换骨，成就了一次完美的逆袭。

单身时，把孤独磨成一把剑。总有一天，你能用它斩断羁绊，刺破长天。

独，是一种状态。孤，则是一种心态。

独而不孤，才是最美的姿态。

生活就像一块画布，爱情是一支彩色的画笔。如果所有的画面都被颜色填满，也会显得低级而凌乱。给自己留下一点空白，就留下一些美好的空间。

爱情是一匹难驯的马，不要试图去追赶。用追马的时间去种草，第二年春暖花开，你会发现，草原上已经引来野马无数，任你挑选。

孤独是手中一块冰冷的铁，不要试图揣在怀里，幻想把它暖成碳。用那些一个人的时光，把它磨成一把剑。多年以后，行走江湖，终会遇见一个人，可以与你双剑合璧。

彼时，仗剑天涯，开疆辟土，或者，披荆斩棘，一往无前。

图书在版编目（CIP）数据

愿你成熟，但不世故 / 莫小叶著. — 南昌 : 百花洲文艺出版社，2018.9
ISBN 978-7-5500-2877-7

Ⅰ. ①愿… Ⅱ. ①莫… Ⅲ. ①随笔—作品集—中国—当代 Ⅳ. ① I267.1

中国版本图书馆 CIP 数据核字（2018）第 127405 号

愿你成熟，但不世故
莫小叶 著

出 版 人 姚雪雪
责任编辑 李梦琦 兰 瑶
特约策划 成 果
特约编辑 吕 佳
封面设计 玛卡龙设计
出版发行 百花洲文艺出版社
社　　址 南昌市红谷滩新区世贸路 898 号博能中心一期 A 座 20 楼
邮　　编 330038
经　　销 全国新华书店
印　　刷 三河市华润印刷有限公司
开　　本 880mm×1230mm 1/32
印　　张 9.25
版　　本 2018 年 9 月第 1 版第 1 次印刷
字　　数 171 千字
书　　号 ISBN 978-7-5500-2877-7
定　　价 39.80 元

赣版权登字 05-2018-263

邮购联系 0791-86895108
网址 http://www.bhzwy.com